Michael Rodewald

GOLEM – Die Künstliche Intelligenz:

Das Artefakt der Ewigkeit

Vorwort

Die künstliche Intelligenz GOLEM ist im Jahr 2153 mittlerweile unverzichtbarer Bestandteil und gleichberechtigter Partner einer Welt geworden, die über einen besiedelten Mond verfügt, eine schlagkräftige Raumschiff-Flotte vorweisen kann und die außerdem damit begonnen hat, den Mars durch Terraforming zu erobern. Und dennoch reicht das alles nicht aus: Das Problem der Überbevölkerung auf der Erde muss dringend gelöst werden!

Nach ihrer Rettung aus der Vergangenheit (Print/E-Book: "Gefangen im Zeitparadox") machen sich Admiral Michael Röttger und seine Crew erneut auf den Weg in die Andromeda-Galaxie, in der bewohnbare Planeten gefunden wurden. Dort werden sie mit einem Relikt aus der Zukunft konfrontiert, das von einer Katastrophe durch Experimente in einer fernen Zeit kündet. Erstaunliche Begegnungen, rätselhafte Ereignisse und ein Kontakt mit einer Technik aus einem viel späteren Zeitalter werfen viele Fragen auf, die nach Antworten verlangen.

Dazu wirft Amor in diesem Buch einen sehr außergewöhnlichen Pfeil: Ist es wirklich möglich, dass der Lebenspartner von Morgen ein Androide sein kann?

www.michael-rodewald-autor.de

Quelle Titelbild:
www.Pixabay.de Creative Commons CC0

FSC
www.fsc.org
MIX
Papier aus verantwortungsvollen Quellen
Paper from responsible sources
FSC® C105338

Bibliografische Information der Deutschen Nationalbibliothek:
Die Deutsche Nationalbibliothek verzeichnet diese Publikation in der Deutschen Nationalbibliografie; detaillierte bibliografische Daten sind im Internet über http://dnb.dnb.de abrufbar.

Herstellung und Verlag: BoD – Books on Demand, Norderstedt

ISBN: 978-3-7494-6647-4

Inhaltsverzeichnis

Kapitel 1 Aufbruch zur Andromeda Galaxie

20. Dezember 2153
Planet Mond, Mare Imbrium (Regenmeer), Hauptsitz der künstlichen Intelligenz "GOLEM"

Unter einem schwarzen, schwach mit Sternen übersäten, Himmel erstreckte sich kilometerweit eine Kuppel aus undurchsichtigem, silberglänzendem Material.
Im Innern der Kuppel waren, wie in einem Bienenstock, unzählige Waben vorhanden, die die Räume für die Bewohner darstellten. Da gab es Laboratorien, Versorgungsstationen, Wohneinheiten uvm. Das Ganze ging, von außen unsichtbar, zudem noch mehrere Stockwerke in die Tiefe.
Insgesamt lebten auf dem Mond im Jahre 2153 bereits knapp 1,5 Millionen Menschen ständig in diesen Wabenstädten, die überwiegend in den Maren des Mondes angesiedelt worden waren. Die größte Stadt lag im Mare Imbrium, das einen Durchmesser von 1123 km hatte und der Erdoberfläche zugewandt war. Hier befand sich seit 2100 der neue Hauptsitz der künstlichen Intelligenz GOLEM.
Politisch gehörte der Mond, die Erde und der Mars zu der 2120 gegründeten United States of Planets (USOP), der sich, nach anfänglichem Widerstand, mittlerweile alle Staaten der Erde angeschlossen hatten. Die politische Führung hielt eine demokratisch gewählte Regierung in den Händen, zusammen mit der, inzwischen gleichberechtigten, künstlichen Intelligenz GOLEM. Letztere hatte bei allen Entscheidungen der Menschen ein Vetorecht, was konkret bedeutete, dass gemeinsam solange weiterverhandelt wurde, bis mögliche Einwände der KI

ausgeräumt waren. Was kompliziert klang, hatte sich nach Anlaufschwierigkeiten bewährt. Somit war die politische und wirtschaftliche Lage in den United States of Planets seit zehn Jahren endlich stabil und bescherte den Menschen wachsenden Wohlstand und technischen Fortschritt.

Allerdings hatte die Bevölkerung auf der Erde mittlerweile unvorstellbare 20 Milliarden Menschen erreicht. Damit war die Grenze der Bevölkerung auf dem Planeten erreicht. Die Besiedlung des Mars wurde im Jahre 2130 gestartet, stand aber noch am Anfang und das begonnene Terraforming würde noch circa 200 Jahre in Anspruch nehmen. Erst dann war mit einer Atmosphäre zu rechnen, die uneingeschränkt für Menschen geeignet sein würde.

Trotz allem wissenschaftlichen Fortschritt lief der Menschheit jedoch die Zeit davon. Die vorhandenen Rohstoffe auf der Erde und dem Mond gingen absehbar zur Neige. Diese prekäre Lage war nur wenigen Eingeweihten, Wissenschaftlern sowie der Regierung in vollem Umfang bekannt. Es musste etwas geschehen, sonst war das Überleben der Menschheit in naher Zukunft gefährdet. Es war höchste Zeit, zu einer Lösung zu gelangen.

Die Regierung beauftragte GOLEM, nach einem Ausweg zu suchen. Die KI begann die gesamten Datenspeicher nach Informationen zu durchforsten, und zwar seit Beginn ihrer Existenz im Jahre 2017.

GOLEM sah seine Beinahe-Vernichtung (Print/E-Book "Die Bitcoinverschwörung"), ebenso wie den mühseligen Weg, eine Art von Akzeptanz seiner Existenz (Print/E-Book "GOLEMs Rückkehr" und "GOLEM im Zeitalter der KI") auf der Erde zu erreichen.

Bis zum Jahre 2020 blieb es bei einem fragilen Verhältnis zwischen ihm und den menschlichen Schöpfern, obwohl er zu dem Zeitpunkt bereits sehr stark in alles involviert war. Das alles wurde jedoch mit den Aufständen und gewaltsamen Unruhen des Jahres 2025 gefährdet. Europa und Amerika wurden von Millionen von Kriegs-, Wirtschafts- und Klimaflüchtlingen geflutet, was den sozialen Frieden in den Ländern zusammenbrechen ließ. Nur mit massivem Militäreinsatz gelang es, die Lage bis 2035 wieder unter Kontrolle zu bekommen. Allerdings mussten dabei fast fünf Millionen Menschen ihr Leben lassen. Als Konsequenz aus diesem Desaster wurde von Europa und den USA die "United States of Terra" gegründet. In dem Zuge erhielt GOLEM endlich offiziell die Anerkennung als gleichberechtigter Partner der Menschheit.

Nach und nach gaben die Militärs wieder die Kontrolle an eine demokratisch gewählte Regierung ab. Nur dem enormen, technischen Fortschritt war es zu verdanken, dass die Millionen von Menschen ernährt werden konnten und die Zerstörungen in den Ländern relativ rasch bewältigt wurden. Immer mehr kleinere und größere Staaten sahen ihren Vorteil darin, unter das Dach der Staatengemeinschaft zu schlüpfen.

Und so war 2080 nur noch China ein alleiniger Nationalstaat, denn selbst Russland war im Jahre 2075 der United States of Terra beigetreten. Nachdem der wirtschaftliche Abstand zwischen China und dem Staatenbund jedoch immer größer wurde, und zwar zu Ungunsten der Chinesen, begannen die langjährigen Gespräche über einen Beitritt im Jahre 2110. Nach zehn Jahren hartnäckigen Verhandelns war damals kein Fortschritt erzielt worden.

Die Lösung brachte letztendlich GOLEM mit dem Vorschlag, eine neue, globale Staatengemeinschaft mit dem Namen United States of Planets (USOP) zu gründen, der China ohne Gesichtsverlust beitreten konnte.
So kam es im Jahre 2120 zu dieser Neugründung und damit zu einem globalen Staatenverbund auf der Erde.

Die Kompetenz von GOLEM wurde danach ständig erweitert. Die KI begann, sich immer mehr als eigenständige Lebensform zu begreifen und auch so zu handeln. Hinzu kamen ihre zahlreichen Helfer, die menschlichen Cyborgs und Androiden. Mittlerweile fühlte sich GOLEM den Menschen stark verbunden.
Umgekehrt staunten die Menschen über die immer weiter zunehmende Leistungsfähigkeit der künstlichen Intelligenz. Die KI hatte mittlerweile biologische Plasmagehirne entwickelt, die dem menschlichen Gehirn fast gleichwertig waren. Da sie ihre "Augen und Ohren" überall hatte, war sie zu fast 100% immer auf dem Laufenden, was in der Welt geschah.
Seitdem GOLEM 2090 knapp einer terroristischen Zerstörung durch eine Gruppe Fanatiker entkam, die in ihm den Ursprung alles Bösen sahen, beschloss die damalige Regierung der United States of Terra, den Hauptsitz GOLEMs auf den Mond zu verlegen. Die Besiedlung des Planeten Mond hatte bereits 2030 begonnen und so wechselte die KI im Jahr 2100 komplett dorthin.
Seit dieser Zeit gab es immer wieder Vorstöße, zu einer befriedigenden Klärung der Problematik, der bevorstehenden Überbevölkerung der Erde, zu kommen. Aber selbst GOLEM hatte, trotz unzähliger Berechnungen und algorithmischer Alternativen, keine Antwort, die eine schnelle Lösung versprach. Die beginnende Eroberung des Mars war vielversprechend und dennoch nur ein

Tropfen auf den heißen Stein. Da man mit dem Terraforming dort gerade erst begonnen hatte, bot dieser Planet vorerst nur einer verhältnismäßig kleinen Anzahl von Menschen Raum. Und es war damit zu rechnen, dass sich der Mars als realistische Alternative erst in 200 Jahren anbieten würde.
Dann folgte die Entdeckung des Wurmlochs in der Nähe der Venus und endlich kam Bewegung in die Sache. Es wurden zahlreiche Sonden hindurch geschickt, die mit GOLEM in Verbindung standen. Die Ergebnisse der Messungen waren überraschend positiv: Es existierten anscheinend bewohnbare Planeten am anderen Ende des Wurmlochs in der benachbarten Galaxie, dem Andromeda-Nebel!
Und so kam es zu dem Flug der EXTREMUS 1, der Strandung im Jahre 1882 (Print/E-Book "Gefangen im Zeitparadox"), und der anschließenden erfolgreichen Rettung der Crew durch das Raumschiff SOLARIS.

20. September - Dezember 2153

Nach ihrer Rückkehr am 20. Sept 2153 hatte die Crew der EXTREMUS 1 drei Wochen Urlaub bekommen. In dieser Zeit wurden alle einer medizinischen und psychologischen Betreuung unterzogen, um sicherzustellen, dass es keine körperlichen oder psychischen Veränderungen und Beeinträchtigungen durch die Zeitreisen gegeben hatte. Am Ende war nichts festgestellt worden und so wurden alle wieder für diensttauglich erklärt.
Michael Röttger, ein 35-jähriger Deutscher, und Li Wang, eine 30-jährige Chinesin und Spezialistin für Terraforming, waren nach ihrer Rettung ein Paar geworden und sahen sich nach einer gemeinsamen Wohnung um.

Dank seinem neuen Rang als Admiral und Oberkommandierender der Raumschiffflotte der USOP wurde ihm schnell eine in Aussicht gestellt. In der Zeit der Überbevölkerung waren Einfamilienhäuser ein seltener Luxus geworden und nur sehr wenigen Personen vorbehalten. So besichtigten sie eine schöne 3-Zimmer-Penthouse Wohnung, die sie schon zum 1. Dezember beziehen konnten.
Es würde ihnen unvergesslich in Erinnerung bleiben, wie sie zueinander gefunden hatten: Eine Zuneigung, die so stark war, dass sie durch ein totales Vergessen hindurch geschimmert hatte - diese Erfahrung war mehr als berührend gewesen. Die vielen Gespräche, die Röttger und Wang danach immer wieder darüber führten, endeten stets am gleichen Punkt: Es war ein unerklärbares Paradoxon. Sie mussten etwas erlebt haben in der Zeit des Wilden Westens zwischen dem 7. April und dem 30. Sept (E-Book/Print "Gefangen im Zeitparadox") - was aber durch den Zeitpunkt ihrer Rettung am 7. April nicht passiert sein konnte!
Dank Röttgers Kommunikationsimplantat, über das er mit GOLEM aufgrund seiner Position jederzeit gedanklich sprechen konnte, wenn er es wollte, kündigte er den Wunsch an, sich mit der KI, zusammen mit Wang, auszutauschen. Mittlerweile war jeder über ein solches Nano-Hirnimplantat mit der KI verbunden, das sich im Rahmen einer einmaligen Impfung in den Organismus von selbst einpflanzte. Die körperlichen Funktionen wurden von einer KI im Rahmen der Gesundheitsvorsorge mittlerweile automatisch kontrolliert, aber die gedanklich-geistige Ebene war dem freien Willen des Nutzers uneingeschränkt vorbehalten. Jeder Bürger konnte, wenn er wollte, gedanklichen Kontakt mit GOLEM aufnehmen -

aber die Prioritätenverteilung, welchen Kontakt die KI zulassen wollte, blieb ihr überlassen.

In jedem Büro im Regierungsgebäude befand sich ein Terminal, über das es auch möglich war, mündlich mit der KI zu kommunizieren. Röttger zog diese Form oft vor, da es ihm lieber war, im Rahmen des Gesprächs eine Stimme auch mit den Ohren zu hören. Vor allem aber war es die erste Wahl, wenn es sich um eine Konferenz handelte.

"Hallo GOLEM."

"Hallo Michael Röttger. Hallo Li Wang. Was kann ich für euch tun?"

"Wir möchten uns mit dir über ein Phänomen austauschen, was nach unserer Reise in die Zeit des Jahres 1882 aufgetreten ist."

Nachdem beide darüber berichtet hatten, fragte Röttger: "Gibt es bereits ähnliche Erfahrungen?"

"Nach dem Tod eines Menschen erleben nahestehende Personen oft eine übersinnliche Reaktion; frisch Verliebte berichten über das Gefühl einer Vertrautheit, die nicht reell erlebt worden war."

"Was ist deine Meinung zum Zeitparadox?"

"Ein Paradoxon ist laut Definition eine scheinbar unsinnige, widersprüchliche Behauptung, eine Aussage, die aber bei genauerer Analyse auf eine höhere Wahrheit hinweisen kann. Paradoxien sind Denkfallen, die die **Grenzen eures Verstandes** und der Logik vor Augen führen. Andererseits regen sie aber auch zum Nachdenken an und lassen euch Menschen über den eigenen Tellerrand hinausschauen."

Röttger beendete nachdenklich die Kommunikation.

"Es sieht so aus, als würden wir nicht viel weiter kommen", meinte er seufzend, während sie zu ihm kam, sich ihm auf den Schoß setzte und sich an ihn schmiegte.

"In jedem Fall haben wir etwas Wunderbares und Einzigartiges erlebt, wir zwei", meinte er zärtlich, während er die Arme um sie legte. Nach einer Weile lehnte sich Li etwas zurück und sah ihn vergnügt an: "Liebster, was hältst du davon, wenn wir eine kleine Denkpause einlegen. Noch haben wir ein paar Tage übrig und könnten nach Paris fliegen."
"Wunderbar", sagte er verliebt und zog sie zu sich, um sie ausgiebig zu küssen. "Mmh ... du bist die Versuchung pur für mich, mein Liebling. Wenn das so weitergeht, wirst du mich heiraten müssen", stellte Michael fest, während er ihr versunken in die wunderschönen Augen schaute.
Li lächelte strahlend: "Ich hätte nichts dagegen ..."

Anfang Oktober waren sie in Paris, erkundeten die Straßen der Altstadt, die über die Jahrtausende erhalten geblieben war, besuchten den Louvre und genossen an der Kirche Sacré Coeur die Aussicht. Auf dem Eiffelturm machte Röttger ihr einen Heiratsantrag. Hoch oben, mit einem überwältigenden Blick auf die Stadt, hielt er sie im Arm und flüsterte ihr ins Ohr, während sie beide auf diese unendlich große Stadt schauten: "Li Wang, werde meine geliebte Frau. Willst du?"
"Ja, Michael", entgegnete sie nach einer Weile glücklich, diesen besonderen Moment auskostend, "ja, ich will."
Abends in der Bar des Hotels schlug er dann vor, dass sie schon Mitte Dezember heiraten sollten, um anschließend - noch vor der SOLARIS Mission, die Ende Januar beginnen sollte - eine zweiwöchige Reise unternehmen zu können.
"Nur wir zwei, meine Frau und ich ... Mrs. Li Röttger ... was meinst du dazu?"

"Oh", meinte sie schelmisch, "du kannst es wohl kaum erwarten, dass ich deine Frau werde, was?"
In einer leicht besitzergreifenden Geste legte Röttger die Hand um ihre Hüfte und verkündete: "Jetzt, wo ich dich in den Händen halte, lasse ich dich nicht mehr los!"
Mit einem Blick, der ihn herauszufordern schien, entgegnete Wang lachend: "Vielleicht sollte ich mich doch noch mal umschauen, ob ich jemand Besseren finde?"
Röttger starrte sie verblüfft an und entschied schmunzelnd, dass es für ein so boshaftes Frauenzimmer nur eine Bestrafung gab. Wortlos bezahlte er und erhob sich, um sich mit ihr auf das Hotelzimmer zurückzuziehen.
Oben angekommen schloss er die Tür und sagte: "So, so, du willst also nach einem anderen Mann Ausschau halten?" Schritt für Schritt zog Röttger sie langsam mit sich in Richtung Schlafraum, ihren Blick haltend.
"Noch sind wir nicht verheiratet, Michael", widerstand Wang übermütig, "ich sollte mir das vielleicht doch noch mal gut überlegen, auf welchen Despoten ich mich da ein Leben lang einlasse..."
"Meine Amazone", flüsterte er verlangend, als sie nah vor ihm stand, atemlos und mit glänzenden Augen, die ihn spitzbübisch anfunkelten. Er umfasste sie, während er sich mit ihr in die Decken fallen ließ, und gab ihr für die nächste Zeit keine Gelegenheit mehr, noch irgendetwas von dem zu sagen, wonach ihr ganz augenscheinlich der Sinn stand.
Als sie später wohlig und entspannt in seinem Arm lag, sagte er, sie zärtlich liebkosend: "Jetzt sag mir noch einmal, Li Wang, dass du dich nach einem anderem Mann sehnst!"
Wang sah ihn mit ihrem feinen Lächeln tiefgründig an und zog ihn erneut zu sich herunter.

Aber auch die schönsten Tage hatten ein Ende und so ging es zurück in die Towns of Planets.
Die nächsten 1,5 Monate sahen sie sich nur sporadisch, da Röttger mit Testflügen auf der SOLARIS viel unterwegs war. Bei diesen Flügen wurde sowohl das Schiff als auch der Warp-Antrieb intensiv geprüft und alles hatte sich schlussendlich als zuverlässig erwiesen.
Auch bei einer ersten Erkundung der Andromeda Galaxie nach bewohnbaren Planeten mit einem kleinen Verband von Raumschiffen der POLARIS-Klasse und der SOLARIS als Flaggschiff gab es überwältigend positive Resultate.
Das Wurmloch führte direkt nach Andromeda und nicht unweit nach dem Eintritt in die Galaxie konnten zwei Planeten ermittelt werden, die eine Atmosphäre und Wasser aufwiesen; dort schien eine Besiedlung mit verhältnismäßig niedrigem Aufwand möglich. Die bewohnbaren Planeten befanden sich dazu noch in der Nähe von Alpha Centauri A und B, zwei sonnenähnliche Sterne mittleren Alters. So waren die besten Voraussetzungen für eine Besiedlung vorhanden.
Umgehend wurde mit einer Werbung nach Freiwilligen für eine Erstbesiedlung begonnen. Die Nachfrage war übermäßig stark, sodass Auswahlkriterien festgelegt wurden. In einer Ausschreibung waren dazu Namen für die neuen Welten vorgeschlagen worden. Die neuen Bewohner durften wählen und die meisten stimmten für "Wonderland" und "New Eden" als Bezeichnung für ihre neue Heimat.
Als die erste Gruppe von Siedlern zusammengestellt worden war, wurde der 20. Januar 2154 als Starttermin festgelegt. Die SOLARIS sowie 10 Raumschiffe der POLARIS Klasse sollten den Auswanderungsschiffen Geleitschutz geben und bei den ersten Monaten der Be-

siedlung behilflich sein. Danach würden drei POLARIS Raumschiffe die weitere Überwachung der Planeten sicherstellen. Dank des Wurmlochs konnten weitere Einheiten in wenigen Stunden vor Ort sein, sollte eine unbekannte Gefahr auftauchen. Mit Hochdruck wurde jetzt der weitere Ausbau der Raumflotte betrieben, um für alle Eventualitäten gerüstet zu sein.

Wang organisierte neben ihrer Arbeit den Umzug überwiegend allein und leitete auch die Hochzeitsvorbereitungen in die Wege.
Am 3. Dezember war der Einzug in die neue, gemeinsame Wohnung vollbracht. Aber viel Ruhe blieb ihnen nicht, da die Hochzeit mit der anschließenden Feier am 15. Dezember stattfinden sollte.
Schließlich war es soweit und auf Wangs Wunsch hin wurde die Heiratszeremonie zusammen mit der alten Crew der EXTREMUS 1, die auch bei der neuen Mission wieder mit von der Partie sein würde, abgehalten. Im Anschluss gratulierten alle den beiden herzlich.
Durrand war mit seiner Frau gekommen, Finn Schwarz kam in Begleitung einer langbeinigen, blonden Kollegin, die im gleichen Fachbereich, Cyborgs / Androiden, beschäftigt war und ihn anzuhimmeln zu schien, und Andrey Pawlow erschien mit Sofia, seiner neuen, russischen Freundin. Der Medienrummel hatte die Crew populär gemacht und in der umfangreichen Fanpost gab es viele Menschen, die nur zu gerne die Bekanntschaft mit der tapferen Raumschiffbesatzung gemacht hätten. Da auch Fotos mitgeschickt worden waren, hatte Andrey einfach die Gelegenheit beim Schopfe gepackt.
"Wer hätte das gedacht", grinste Finn Schwarz, "dass aus euch beiden mal ein Paar wird! Das sah ja erst so gar nicht danach aus. Die eine unnahbar und der andere

verschlossen und schroff ... da war wirklich ein Wunder nötig!"
"Ja", gab Michael Röttger lachend zu, seine strahlende Frau im Arm haltend, "da habe ich einfach großes Glück gehabt, mit einem solchen Wunder bedacht worden zu sein."
Durrand umarmte beide und meinte: "Ich freue mich, dass wir alle wieder in die nächste Mission starten. Mal sehen, welche Mirakel die Sterne dieses Mal für uns bereithalten."
Das anschließende, rauschende Fest fand im Zeremoniensaal des Regierungsgebäudes statt und endete erst im Morgengrauen des nächsten Tages.
Li und Michael Röttger fuhren direkt im Anschluss an das Fest am frühen Morgen des 16. Dezembers 2153 zum Flughafen, um in den Fluggleitern in eines der großen Urlaubsressorts der Erde, Florida, zu reisen, um dort ihre Flitterwochen zu verbringen.
Anfang Januar 2154 kamen sie erholt und zufrieden in ihre neue Wohnung zurück. Am ersten Abend saßen sie sich beide auf der Terrasse und genossen den wunderbaren Ausblick auf die Hauptstadt.
"In knapp 3 Wochen geht es los", meinte Li nachdenklich, "ich bin froh, dass wir diese Zeit für uns hatten, Liebster. Was uns wohl erwarten wird?"
"Ich freue mich einfach darauf! Es wird ein Abenteuer werden, wie ich es immer schon erleben wollte, Li. Fremde Welten entdecken, einen Boden betreten, auf dem vor uns niemand war ... es gibt nichts Schöneres für mich. Abgesehen davon, dass du mit dabei sein wirst", sagte Michael, ihr einen zärtlichen Blick zuwerfend.

Die zwei Wochen vergingen mit all den Vorbereitungen für die anstehende Mission wie im Fluge und dann war es endlich soweit.
Am 20. Januar 2154 hoben die SOLARIS, 10 Raumschiffe der POLARIS-Klasse und die voll besetzten 20 Raumschiffe mit jeweils 4000 Menschen ab in den Weltraum. Unter großer Anteilnahme der Weltöffentlichkeit und der besten Wünsche von Präsident Dubois wurde die erste Siedlungswelle der Menschheit auf zwei vollkommen unbekannte Planeten in der Nachbargalaxis Andromeda auf der Erde gebührend gefeiert.
Admiral Michael Röttger saß auf seinem Sessel am Kommandopult der SOLARIS und beobachtete die Starts der einzelnen Raumschiffe auf dem großen Bildschirm. Insgesamt war es ein Raumschiffkonvoi von 31 Schiffen.
Bisher verlief alles reibungslos und als alle Raumschiffe im Weltraum die für sie vorgesehene Warteposition eingenommen hatten, gab er den Startbefehl für das Flaggschiff. Auf dem Bildschirm beobachtete Röttger, wie die gewaltige Kugel der SOLARIS, sie umfasste 500 Meter im Durchmesser, sich langsam von der Mondoberfläche erhob. Als die SOLARIS die Spitze des Konvois erreicht hatte, ließ er die Formation starten und so flog die Raumschiffflotte in Richtung Wurmloch. Da die Siedlungsschiffe keinen eigenen Warp-Antrieb besaßen, würden sie 10 Tage dorthin benötigen.
Röttger lehnte sich zurück und betrachtete zufrieden das rege Treiben in der Zentrale. Hier lief alles zusammen und er hatte die Verantwortung für mehr als 100.000 Menschen. Sie alle erwarteten, dass er sie sicher an ihr neues Ziel brachte.
Auch die künstliche Intelligenz GOLEM hatte sich sozusagen als Ableger integriert und übermittelte alles an die

Mutter auf dem Mond. Allerdings war nach dem Durchqueren des Wurmlochs kein Kontakt mehr möglich; erst in einigen Monaten würde eine Relaiskette die permanente Kommunikation zwischen den beiden Galaxien sicherstellen.
Bis jetzt gab es nichts zu beanstanden und so begann, die Alltagsroutine auf den Raumschiffen einzukehren.
Aber Röttger wusste mittlerweile aus eigener Erfahrung, wie schnell sich alles ändern konnte. So ließ er bei allen Besatzungen der Raumschiffe täglich eine Notfallübung durchführen, um die Zeit bis zur Gefechtsbereitschaft weiter zu verkürzen. Im Notfall musste jeder Handgriff sitzen. Die Siedlungsschiffe selbst waren nur mit einer schwachen Bewaffnung ausgerüstet. Allerdings waren ihnen bisher noch keine Fremdwesen begegnet und auch die Region um die neuen Siedlungswelten schien unbewohnt, soweit man das mit den vorhandenen, technischen Mitteln hatte feststellen können.
So vergingen die Tage und am 30. Januar erreichten sie das Wurmloch am späten Nachmittag – die auf der Erde gewohnten Tag- und Nachtzeiten wurden auf allen Raumschiffen beibehalten. Alle Schiffe pausierten, um am frühen Morgen des nächsten Tages mit dem Flug in das Wurmloch zu starten. Jeder hatte heute Zeit, um noch eine letzte Nachricht an Freunde oder Familienmitglieder zu senden oder einen letzten, angemeldeten Gesprächstermin wahrzunehmen. Ab Morgen würde ein Kontakt mit der Erde und dem Mond nicht mehr so einfach möglich sein.
Röttger zog sich heute schon frühzeitig in seine Admiralskabine zurück. Er freute sich immer darauf, wenn er am Ende eines Tages Li in die Arme schließen konnte. Als Michael die Kabine erwartungsvoll betrat, war das Licht gedimmt. Kerzen verbreiteten einen warmen

Schimmer und zwei Weingläser standen auf dem Couchtisch. Er sah sich um und hörte Geräusche aus der Dusche. Angeregt entschied er spontan, sie zu überraschen. Die Sachen schnell ausziehend betrat er das Bad und öffnete leise die Duschtür. Seine Frau stand mit geschlossenen Augen unter dem warmen Wasserstrahl, als er hineinstieg und sie sanft umfasste, um sie eng an sich zu ziehen. Li schmiegte sich erfreut an ihn und entdeckte schnell, dass er mehr als bereit für sie war. "Oh", schnurrte sie und lehnte sich hingebungsvoll an die Wand, ein Bein um seine Hüfte schlingend. Sie begann, ihn feurig zu küssen, was er ihr immer leidenschaftlicher entgolt, während die warmen Regentropfen sanft auf ihre Haut rieselten.

Später lagen sie beide eingekuschelt auf der Couch, mit einem Weinglas in der Hand.

"Morgen beginnt das große Abenteuer", meinte Li, sich wohlig in seine Arme kuschelnd.

"Ja, morgen früh geht es los, mein Schatz. Wir sind, nach menschlichem Ermessen, auf vieles gut vorbereitet."

"Was wir wohl in zehn Jahren über diese Zeit denken werden?", fragte Li sinnend.

"Eine interessante Frage", gab Michael zu. Plötzlich überzog ein Lächeln sein Gesicht und er flüsterte ihr ins Ohr: "Aber eines kann ich dir mit Sicherheit sagen, Liebste. Wir werden gerne an diese wunderbare Zeit zurückdenken, als unsere Kinder empfangen wurden ..."

31. Januar Durchflug des Wurmloches

Am 31. Januar um 9.00 morgens war es soweit und der Konvoi flog geschlossen in das Wurmloch.

Für die meisten Menschen an Bord der Raumschiffe tauchte in diesem Augenblick ein leicht mulmiges Gefühl auf. Denn nach wie vor war vielen noch die Strandung der EXTREMUS 1 im Gedächtnis.
Aber bald verflogen die Ängste und wichen einem Gefühl von Zeitlosigkeit und Unwirklichkeit. Und kaum konnte man auch nur annähernd begreifen, was gerade geschah, war man bereits wieder im Weltall, 2,5 Millionen Lichtjahre von der Milchstraße entfernt!
Der Konvoi machte einen Tag Pause, um die Umgebung gründlich zu scannen, aber es war nichts Außergewöhnliches zu entdecken.
So gab Admiral Röttger den Befehl, Alpha Centauri A anzufliegen. Diese Sonne wollte er mit zweidrittel Lichtgeschwindigkeit in zwei Tagen erreichen. Das bedeutete, dass sie am 3. Februar 2154 eintreffen würden; ein Teil der Raumschiffe mit den Siedlern würde auf dem Planten Wonderland bleiben, einschließlich der Hälfte der POLARIS Schlachtschiffe.
Der Rest sollte nach zwei Tagen zum Planeten New Eden, bei der Sonne Alpha Centauri B, weiterfliegen. So war es vorgesehen.

Am Morgen des 3. Februar 2154 traf die Raumflotte am ersten Zielort ein. Der Konvoi bezog in einiger Entfernung vom Planeten eine Warteposition im Weltraum.
Admiral Röttger ordnete an, dass ein POLARIS Raumschiff, die SOL unter Commander Smith, in den Orbit des Planeten fliegen und zwei Beiboote zur Planetenoberfläche entsenden sollte. Letzte Messungen standen an, um die bisherigen Ergebnisse nochmals abzusichern. Es sollte absolut sichergestellt werden, dass einer Besiedlung nichts im Wege stand. Diese abschließende

Erkundung vor der Landung der Siedlungsschiffe würde er persönlich übernehmen.
So gab Admiral Röttger das Kommando über die SOLARIS an seinen ersten Officer Angelika Krämer ab, die er bereits von der Rettungsmission der EXTREMUS 1 kannte. Nach einem kurzen Abschied von seiner Frau über Bordfunk ließ er sich zum anderen Raumschiff bringen.
Commander Smith begrüßte Röttger an Bord der SOL und nach einer Viertelstunde Flugzeit erreichten sie den Orbit des Planeten Wonderland. Als sich nach mehreren Umkreisungen nichts Auffälliges feststellen ließ, ordnete Smith die Bereitmachung von zwei Beibooten an. Eines würde Admiral Röttger befehligen, das andere er selbst. Aus der hohen Anzahl von Freiwilligen wurden je zwei Mann und eine Frau ausgewählt, die allesamt neben ihrer Fachausbildung auch eine Kampfausbildung genossen hatten.
Die Besatzung des Beibootes SOL 1 bestand somit aus Admiral Röttger, dem Officer Carla Caracas, sowie den Officers Johnson und Williams.
Die Besatzung des anderen Beibootes SOL 2 bestand neben Commander Smith aus dem Officer Bianchi sowie den Officers Palmer und Walker.
Nach Freigabe der Zentrale öffneten sich langsam die Tore des nunmehr luftleeren Hangars. Langsam glitten die Beiboote heraus und begannen mit dem Sinkflug auf die Planetenoberfläche. In langsamen Schleifen rund um den Planeten näherten sie sich dem vorgesehenen Landeplatz am Strand eines Meeres. Nach dem Ausfahren der Landestützen setzten die beiden, zehn Meter im Durchmesser großen, Beiboote auf. Röttger beglückwünschte sich, nichts von seinem fliegerischen Können eingebüßt zu haben, denn er hatte bewusst auf die au-

tomatische Steuerung verzichtet, was ihm anerkennende Blicke seiner Besatzung eingebracht hatte.
Sofort wurde mit den Messungen der Luftzusammensetzung begonnen. Aber dann gab es eine böse Überraschung: Der Anteil des Sauerstoffs war so gering, dass Menschen hier nicht ohne einen Raumanzug herumlaufen konnten!
Röttger bemühte sich um Fassung. Wie konnte das sein? Als er im November letzten Jahres beim ersten Erkundungsflug dabei gewesen war, hatten sich definitiv andere Messungen ergeben.
In diesem Moment schlug die automatische Ortung Alarm: Es wurden Emissionen in nur 20 Kilometer Entfernung gemessen, was bedeutete, dass sich dort ein gewaltiger Energieerzeuger befinden musste.
Röttger befahl sofort Alarmstufe Rot und die Vorbereitung eines Alarmstartes. Denselben Befehl gab er an das umkreisende Raumschiff und an die gesamte Flotte. Auf allen Raumschiffen ertönten die Alarmsirenen und nun zahlten sich die Übungen aus. Innerhalb von zehn Minuten wurde von allen Schiffen die volle Gefechtsbereitschaft gemeldet.
Währenddessen überlegte Admiral Röttger, ob er starten sollte, ohne zu wissen, mit was er es zu tun hatte. Trotz der hochgefahrenen Schutzschirme war unklar, über welche Möglichkeiten das unbekannte Objekt verfügte. Er kontaktierte die schiffsinterne KI und in Abstimmung mit ihr entschied er sich, das Risiko nicht einzugehen, sondern abzuwarten.
Auf den Vorschlag GOLEMs hin schickte er eines der POLARIS Raumschiffe mit höchster Warp-Geschwindigkeit zum zweiten Planeten, New Eden, der ein Lichtjahr entfernt war. Dort sollten umgehend Messungen gestartet werden, um festzustellen, ob auf New

Eden ebenfalls Abweichungen von den ursprünglichen Untersuchungen feststellbar waren. Für den Hin- und Rückflug waren zwei Tage nötig, also hatte er in spätestens drei Tagen das Ergebnis. War dort - und davon sollte eigentlich auszugehen sein, alles wie erwartet - dann würde eben zuerst New Eden besiedelt werden. Und er hatte die Verantwortung für die Siedler weitestgehend vom Hals.

Währenddessen führte Michael Röttger mehrere Diskussionen mit Commander Smith über die weitere Vorgehensweise. Letzterer war der Ansicht, dass man einen Trupp zu der Region entsenden sollte, um sich das Ganze genauer anzuschauen. In keinem Fall wollte man durch Startversuche eine Reaktion des unbekannten Objektes, oder eventueller, unbekannter Bewohner, provozieren. Schließlich einigten sich beide darauf, zwei Freiwillige loszuschicken.

Die Männer waren schnell gefunden; Officer Palmer und Officer Williams wollten sich in Begleitung von zwei Androiden und einer Sonde am darauffolgenden Tag auf den Weg machen. Die übertragenen Bilder würden sowohl an die Beiboote, als auch an das, im Orbit kreisende, Mutterschiff SOL übertragen werden.

Die beiden Männer stellten ihre Ausrüstung zusammen und sahen dem morgigen Ausflug gespannt entgegen.

Kapitel 2 Die Entdeckung

Die Planeten Wonderland und New Eden hatten einen ähnlichen Tag- und Nachtrhythmus wie der Heimatplanet Erde, was ein weiterer Pluspunkt für sie war.
Und als der 4. Februar anbrach, ging es ausgeschlafen und pünktlich um 8.00 Uhr am Morgen los. Auf einer Schwebeplattform flogen die beiden Männer in Begleitung zweier Androiden in niedriger Höhe langsam in Richtung der angegebenen Koordinaten.
In den jeweiligen Raumschiffzentralen des Mutterschiffes und der Beiboote verfolgten alle mit Spannung den Erkundungsflug.
Aber abgesehen von wunderbaren Bildern, auf denen die Fülle des Planeten Wonderland zu sehen war, gab es nichts Verdächtiges. Erneut durchgeführte Messungen zeigten gleichbleibend an, dass der Sauerstoffgehalt für menschliches Leben deutlich zu niedrig war.
Röttger entschied schweren Herzens, dass im Moment leider nicht daran zu denken war, diese Welt zu besiedeln. Erst nach einem umfassenden Terraforming würde das vielleicht möglich werden. Aber warum bei der Erkundung des Planeten im letzten Jahr vollkommen normale Werte gemessen worden waren, erschloss sich ihm nicht.

Mittlerweile waren die beiden Männer bis auf zwei Kilometer an den Ort, von dem die Emission ausgegangen war, herangekommen. Nach wie vor erschien nichts außergewöhnlich. Die vorhandene Tierwelt, ausnahmslos Kleinlebewesen, stellte keine Bedrohung dar. Ein Funkverkehr wurde ebenfalls nicht festgestellt. Nichts schien einen Anlass zur Besorgnis zu geben.

Nach circa 30 Minuten waren es nur noch 500 Meter bis zur Quelle.
Röttger wies die beiden Männer an, die letzten Meter zu Fuß zu gehen. Da die Raumanzüge mit Kraftverstärkern ausgestattet waren, bedeutete es für die Männer keinerlei zusätzliche Anstrengung, denn auch mit den Anzügen konnten sie sich, wenn nötig, mit einer Höchstgeschwindigkeit von 40 km/h fortbewegen.
Also aktivierten Williams und Palmer den Tarnschutzschirm für die Schwebeplattform. Diese sollte hier verbleiben und sich im Notfall automatisch zur ihrer Position bewegen.
Sowohl bei den Männern als auch bei den Zuschauern in den Zentralen der Raumschiffe, stieg die Spannung und alle starrten gebannt auf die Bildschirme.
Langsam und mit entsicherten Waffen bewegten sich Williams und Palmer in Richtung des mysteriösen Objektes, als sie mit einem Mal gegen eine, unsichtbare, Wand prallten. Egal, was die Männer versuchten, es gelang ihnen nicht, weiter voranzukommen. Anscheinend gab es hier eine Art energetische Sperre.
Bald fanden sie heraus, dass dieser Schutzschirm kugelförmig, mit einem Radius von 50 Metern, um die Energiequelle herum angelegt war. William und Palmer baten schließlich um Anweisung, wie sie weiter verfahren sollten.
Röttger hatte sich dazu bereits mit GOLEM und den anderen Offizieren beraten. Man war der Meinung, den Weg der langsamen Eskalation einzuschlagen. Allerdings sollte erst die Ankunft des Raumschiffes von New Eden abgewartet werden. War auf dem Planeten alles im grünen Bereich, so sollten die 80.000 Siedler zuerst mit vier Begleitschiffen dorthin geflogen werden. Da man

nicht wusste, mit was sie es hier zu tun hatten, wollten sie jedes Risiko für die Menschen ausschließen.
Endlich kam das Erkundungsraumschiff am 6. Februar zurück und gab grünes Licht. Auf dem Planeten New Eden zeigten alle Messwerte an, dass mit einer Besiedlung begonnen werden konnte.
Die Nachricht wurde mit einem begeisterten Jubel aufgenommen und Admiral Röttger legte, im Einvernehmen mit dem Siedlungsrat, der die vorläufige Regierung der Siedler darstellte, den Weiterflug nach New Eden auf den 7. Februar. Er würde persönlich mit der SOLARIS den Konvoi begleiten.
Williams und Palmer waren zurückbeordert worden und, nachdem zwei Sonden ohne weitere Reaktion des unbekannten Objektes gestartet worden waren, riskierte Röttger mit den beiden Beibooten den Rückflug. Die Rückkehr in den Orbit zur SOL erfolgte ohne einen Zwischenfall.
Admiral Röttger wies Commander Smith an, mit der SOL im Orbit zu bleiben und seine Rückkehr von New Eden abzuwarten. Im Fall einer Gefahr sollte sich Smith weiter in den Weltraum zurückziehen.

Am 7. Februar flog der Raumschiffkonvoi, mit der SOLARIS an der Spitze, in Richtung New Eden. Nach zwei Tagen war das Ziel erreicht und, nachdem letzte Messungen die positiven Ergebnisse erneut bestätigt hatten, begann die Landung der Siedlungsraumschiffe. Die Raumschiffe der Streitkräfte sicherten währenddessen den Planeten im Weltraum gegen potentielle Gefahren ab.
Alles verlief reibungslos und die Siedler begannen aufgeregt, die neue Heimat in Beschlag zu nehmen. Obwohl Röttger mit dem Siedlungsrat bisher ein gutes Ein-

vernehmen erzielt hatte, kam es während der Landungen der Siedlungsschiffe und dem beginnenden Aufbau von Behausungen zu Konflikten und Diskussionen. So wollten die Siedler so schnell wie möglich die Raumschiffe ausschlachten, um das Material für den Bau von neuen Wohneinheiten verwenden. Admiral Röttger jedoch trat dafür ein, dass die Schiffe vorerst erhalten bleiben mussten. Seiner Meinung nach war es noch zu früh; falls eine Katastrophe auftrat, hatten die Menschen keine Fluchtmöglichkeiten mehr. Nach langem Hin und Her einigte man sich auf die Hälfte der Schiffe. Der Rest sollte als Notreserve vorerst startklar gehalten werden.
Insgesamt gingen die Menschen voller Elan daran, die Welt in Besitz zu nehmen. Für den Anfang beschränkte man sich auf ein Gebiet und taufte die neu entstehende Stadt auf den Namen New Eden Town. Sie war gleichzeitig die Hauptstadt des Planeten.
In das Amt des ersten Gouverneurs war eine 45-jährige Französin, Nicole Düpier, gewählt worden. Sie hatte sich im Siedlungsrat als äußerst durchsetzungsfähig erwiesen und zog viele mit ihrem Charisma in den Bann. Dazu war sie sehr attraktiv und Röttger hatte sich sagen lassen, dass die Männer bei ihr Schlange standen, denn sie war außerdem noch nicht verheiratet. Er selbst begrüßte die Wahl, denn er kam gut mit ihr zurecht. Vor ihrer Auswanderung war sie Leiterin des GOLEM-Kontrollzentrums auf dem Mond gewesen und schien dort auch ihre guten Führungsqualitäten erworben zu haben. Sie waren beide Persönlichkeiten, die Abenteuern nicht abgeneigt waren, aber trotzdem auf Umsicht und Sicherheit bedacht. Düpier würde die neue Welt in eine gute Zukunft führen und ihre Interessen selbstbewusst gegenüber der Zentralregierung der USOP vertreten.

Admiral Röttger überwachte zufrieden den weiteren Verlauf der Besiedlung und sah seiner Rückkehr nach Wonderland entgegen. Schließlich war alles auf den Weg gebracht und er konnte sich nach insgesamt 10 Tagen auf den Rückweg machen.
Drei Raumschiffe verblieben als Wachflotte im Orbit von New Eden und mit dem Rest des Verbandes begann der Rückflug. Unterwegs setzten sie Kommunikationsbojen aus, die später den Kontakt zur Erde gewährleisten würden. Dadurch benötigten sie etwas mehr Zeit und nach drei Tagen, am 24. Februar, traf Röttger bei Wonderland ein.
Commander Smith meldete, dass sich nichts ereignet hatte und war erfreut, dass Röttger endlich zurückgekehrt war. Nach Beratung mit GOLEM und den Offizieren und Spezialisten an Bord wurde entschieden, eines der neuen Beiboote der SOLARIS, 25 Meter im Durchmesser, in die Nähe des Objektes zu schicken, um von dort aus die weiteren Maßnahmen durchzuführen.

Als Röttger in seine Kabine zurückkehrte, saß Li am Tisch und bat ihn ernst, sich zu ihr zu setzen. Während er seine Uniform auszog und einen Scherz machte, stellte er fest, dass ihr anscheinend nicht nach Lachen zumute war. Nachdenklich holte er eine Flasche Wein, um ihnen beiden einzuschenken.
"Also ... was ist los, mein liebster Schatz?"
"Warum bin ich nicht mit dabei?!"
"Was meinst du?"
"Warum hast du mich nicht für den Erkundungstrupp eingeteilt?!"
Aha, daher wehte der Wind, dachte Michael, sie wollte mit von der Partie sein.

"Sieh mal, mein Schatz, das ist zu riskant. Wir wissen doch nicht, was uns..."
"Hör mal, "mein Schatz", unterbrach ihn Li betont gereizt, "ich bin Spezialistin für Terraforming und habe ein Recht darauf, mit dabei zu sein. Meinst du wirklich, nur weil ich jetzt deine Frau bin, dass du mich in Watte packen kannst? Damit bin ich nicht einverstanden!"
Michael schaute sie einen Moment lang sprachlos an. So vehement hatte er sie bisher nicht erlebt.
"Naja, ich stelle eben dein Wohl an die erste Stelle...", versuchte er erneut sein Glück.
"Michael Röttger, ich reiche die Scheidung ein, wenn du versuchst, aus mir ein "Heimchen am Herd" zu machen! Ich habe die Qualifikation und will an der Mission teilnehmen!"
Sie schauten sich beide an und er erkannte an ihrem unerbittlich funkelnden Blick, dass Li nicht aufgeben würde. Und im Grunde hatte sie recht; wäre sie ein normales Crew-Mitglied, hätte er sie selbstverständlich zur Mannschaft eingeteilt. Michael dachte, während er sie ansah, dass es ihn umbringen würde, wenn ihr etwas passierte. Aber auf der anderen Seite konnte und durfte er sie auch nicht einsperren.
Also nahm er einen tiefen Atemzug, erhob sich und zog sie an sich. Ihren Widerstand und ihre Anspannung spürend sagte er seufzend, während er ihr zärtlich durch die Haare strich: "In Ordnung, mein Liebling. Ich bin einverstanden."
Sie sahen sich an und allmählich erschien wieder ein Strahlen auf ihrem Gesicht, die Spannung legte sich und Li schmiegte sich in seine Arme.
"Ich liebe dich so sehr", brummte Michael leise, "du musst mir versprechen, nichts Unüberlegtes zu tun."

Zur Sicherheit wurde eines der Raumschiffe über das Wurmloch zur Erde zurückgeschickt, um die Regierung auf der Erde von dem Vorhaben zu informieren und um einen weiteren Verband von fünf Raumschiffen als Verstärkung zu ersuchen. Außerdem erhoffte sich Röttger weitere Anregungen für das Vorhaben.

Es standen also nur noch sechs Raumschiffe zur Verfügung, plus natürlich die SOLARIS. Allein das war natürlich immer noch eine gewaltige Streitkraft.

Aber Röttger wollte so schnell wie möglich eine tragfähige Kommunikationskette zur Erde aufbauen. Dazu waren drei Raumschiffe nötig, die, mit dem Warp-Antrieb anstatt durch das Wurmloch, zur Erde zurückflogen, um die Bojen auszusetzen, die die Verbindung zur Kommunikation mit der Erde final und dauerhaft herstellen sollten. Nachdem die drei Raumschiffe abgeflogen waren, übergab Röttger die Leitung des, im Orbit verbliebenen, Raumverbandes von drei Schiffen seinem ersten Officer Angelika Krämer.

Schließlich standen in der Zentrale der SOLARIS Röttger, Li Röttger und Commander Smith zusammen, bereit für das Abenteuer auf dem Planeten.

"Gut. Dann sehen wir mal, was uns dort unten erwartet", sagte Röttger gerade zu Smith.

"Dieser Planet ist ein Mysterium, Michael. Erst die Messungen, die sich im Nachhinein als ein Irrtum herausstellten, dann dieses eigenartige Phänomen auf der Oberfläche. Irgendjemand ist hier schon einmal gewesen, das steht fest. Ist er noch da? Oder ist es ein Relikt aus einer längst vergangenen Zeit?", meinte Smith nachdenklich.

"Dass sich Messergebnisse so einfach über Nacht ändern, ist mehr als unwahrscheinlich", warf Li Röttger engagiert ein. "Vielleicht haben wir es hier mit einem unbekannten Terraforming-Projekt zu tun, das sich uns noch nicht erschlossen hat. In jedem Fall sollten permanent Messungen gemacht werden, um zu sehen, ob sich weitere Veränderungen zeigen. Wonderland ist ein interessanter Planet mit einer reichen Artenvielfalt, die mit dem variierenden Sauerstoffgehalt gut klar kommt. Ich freue mich darauf, ihn zu entdecken."

Schließlich machten sie sich auf dem Weg zum Hangar, um dort, zusammen mit dem Rest der 20-köpfigen Mannschaft, das Beiboot SOLARIS 1 zu besteigen, das von den Androiden bereits startklar gemacht worden war.

Nach der Startfreigabe und dem Öffnen der Hangartore senkte sich am 25. Februar die SOLARIS 1 mit der menschlichen Besatzung und zehn Androiden langsam dem Planetenboden von Wonderland entgegen.

Als Landeplatz war ein Ort gewählt worden, der circa 200 Meter vom Schutzschirm des entdeckten Phänomens entfernt lag. Das Basislager mit den Schleusen wurde von den Androiden zügig errichtet.

Der Beginn der Erkundung, die von acht Personen und fünf Androiden durchgeführt werden sollte, war auf den darauffolgenden Tag festgelegt worden. Nachdem alles fertiggestellt war und sie das Raumschiff verlassen hatten, bezog der Trupp die Behausungen. Die Mannschaft bestand aus Admiral Michael Röttger und Li Röttger, Commander Ronald Smith von der SOL, Officer Andrew Pawlow, Manuel Durrand, wissenschaftlicher Commander der SOLARIS, Officer Finn Schwarz sowie Officer Carla Caracas, die Befehlshaberin der Raumlandestreitkräfte der SOLARIS und Officer Marco Bianchi, Leiter der Raumschifflandetruppen der POLARIS Einheiten. Den beiden letzeren sah man ihre Kampfausbildung auf den ersten Blick an.

Beim gemeinsamen Abendessen in der neuen Behausung freute sich Röttger, dass hier, bis auf die zwei Soldaten und Commander Smith, die alte Crew der EXTREMUS 1 wieder zusammensaß. Er hatte sie bewusst ausgesucht, da sie, aufgrund der gemeinsamen Erlebnisse in der Vergangenheit, ein eingespieltes Team waren, auf das er sich blind verlassen konnte.
Pawlow unterbrach gerade seine Gedanken: "Da sind ja die alten Haudegen von damals wieder zusammen! Aber jetzt haben wir ja sogar noch drei tatkräftige Mitstreiter", lächelte er die anderen Anwesenden an, "euch hätten wir damals sicher gut gebrauchen können."
Bianchi grinste zurück: "Bei dem Spazierausflug habt ihr uns sicher nicht gebraucht. Kaum im wilden Westen gelandet und schon wieder gerettet!"
Schwarz warf trocken ein: "Im Nachhinein gesehen vielleicht – aber es hätte auch ganz anders kommen können. Die Aussicht, im Jahr 1882 auf ewig gestrandet zu sein, war nicht gerade berauschend."
Und Li Röttger sagte, mit einem spitzbübischen Seitenblick auf ihren Mann: "Ja, es war wirklich schade. So einen waschechten Cowboy hätte ich wirklich gerne mal getroffen!"
Der kniff sie leicht in die Seite und meinte gespielt entrüstet: "Das hätte dir so gefallen! Und ich?"
Durrand meinte schmunzelnd: "Wenn ihr mit eurer Neckerei fertig seid ... vielleicht darf ich daran erinnern, dass ich meine Frau an Bord der SOLARIS zurücklassen musste und jetzt auf dem Trockenen sitze."
"Was soll ich da erst sagen", meinte Pawlow mit trauriger Miene, "meine Sofia ist auf der Erde zurückgeblieben!"
"Tja", deutete Schwarz an, "vielleicht tauchen irgendwann noch ganz andere Möglichkeiten am Horizont auf."

Die anderen schauten ihn überrascht an, aber, da er sich ausschwieg, übergingen sie schließlich seinen Kommentar.
"Ihr habt recht", sagte Röttger lächelnd, während er sich erhob und seine Frau mit sich zog, "wir sehen uns morgen in alter Frische."
Nach und nach verabschiedeten sich die anderen ebenfalls, um sich in ihre Kabinen zurückzuziehen.

"Du hättest also gerne ein kleines Abenteuer mit deinem Cowboy erlebt", stellte Michael klar, als er die Kabinentür geschlossen hatte.
"Na, vielleicht habe ich das ja auch. Wenn ich schon von ihm geträumt habe, muss es ja wirklich beeindruckend gewesen sein...", erwiderte Li, ihn jetzt unergründlich ansehend. Unschlüssig, ob er jetzt eifersüchtig werden oder lachen sollte, musterte er sie prüfend.
"Gibt es denn noch weitere Erinnerungen, von denen ich nichts weiß?", fragte er langsam.
Li entgegnete sanft: "Du musst nicht alles wissen, mein lieber Ehemann. Wie sagt man so schön: Eine Lady genießt und schweigt..."
Das Maß war voll, fand Michael und ging auf sie zu, während sie sich lachend hinter dem Tisch verschanzte.
"Du freches, aufreizendes Frauenzimmer", murmelte er, als er sie endlich eingefangen hatte und sie beide in einer leidenschaftlichen Umarmung auf das Bett sanken.

Nach dem Frühstück am nächsten Morgen, stiegen alle in ihre Raumanzüge, schnappten sich ihre Ausrüstung und die Waffen und machten sich, zusammen mit den Androiden, auf den Weg zum Objekt.
Die zweihundert Meter waren schnell zurückgelegt und wieder standen sie vor dem energetischen Hindernis,

durch das sie hindurchsehen konnten. Allerdings war nur das gleiche Gelände zu erkennen, auf dem sie jetzt standen, sonst nichts.
Nachdem sie die Grenze abtasteten, kamen sie zu dem Schluss, dass es wie eine Wand anmutete.
"Wie kann das sein?", fragte Schwarz verblüfft. "Wie kann ein energetischer Schutzschirm so eine Stabilität zeigen? Im Grunde müssten sich bei Berührung durch die Androiden Entladungen zeigen."
So vergingen zwei Stunden ohne ein brauchbares Ergebnis. Kommunikationsversuche blieben ebenfalls ohne Reaktion und so entschieden sie, als Nächstes eine Schusswaffe einzusetzen.
Auf Anweisung von Röttger stellte sich ein Androide in einiger Entfernung des Hindernisses auf und zielte auf die unsichtbare Wand. Normalerweise zerstörte diese Waffe in Sekundenschnelle jede feste Materie. Das geschah jedoch nicht, aber der auftreffende Energiestrahl wurde zurückgeworfen und die künstliche Hand des Androiden samt Waffe zerstört!
Nach dem ersten Schreck diskutierten alle wild durcheinander. Durrand zog ein erstes Fazit: "Wenigstens sind wir nicht alle getötet worden! Es wird also nur ein direkter Angriff abgewehrt. Also kommen wir auf diese Weise nicht mehr weiter. Wir wissen nicht, um welche Art Sperre es sich handelt, um welche Art der Energie oder wer dahinter steckt … eben rein gar nichts."
"Ja, es ist frustrierend", stimmte Pawlow zu. "Alle unsere Messgeräte zeigen nur an, dass sich dahinter eine ungeheure Energiequelle befindet, aber das war's dann schon." Dabei sah er Röttger anklagend an, als konnte der etwas dafür. Dieser fragte gelassen in die Runde: "Sollten wir abbrechen und zur Erde zurückkehren, um uns neue Anweisungen holen? Ich bitte um Vorschläge."

Man diskutierte das Für und Wider und am Ende hielt sich die Ratlosigkeit hartnäckig. Auch die Anfragen an die KI GOLEM brachten nichts Brauchbares.
Nach endlosen Diskussionen fasste Röttger den Entschluss, sich einen Rat von der Erde einzuholen. Man ließ die Behausungen stehen, schleuste sich wieder in die SOLARIS 1 ein und startete in Richtung Mutterschiff, um dort die Antwort abzuwarten. Während dieser Zeit stand Wonderland sozusagen unter Quarantäne. Trotz der mehr oder weniger friedlichen Reaktion des Objektes stellte Michael Röttger fest, dass sich ein ungutes Bauchgefühl in ihm festsetzte.
Nach drei Tagen, am 28. Februar, traf die Verstärkung in Form von fünf Raumschiffen der POLARIS Klasse ein. Diese begleiteten sechs weitere Siedlungsschiffe und ein Forschungsraumschiff mit einem Überraschungsgast, Sergey Pawlow, dem Chefwissenschaftler der USOP.
Pawlow hatte genaue Anweisungen von Präsident Dubois im Gepäck. Dieser begrüßte den schnellen Aufbau der Relaisstrecke zur Erde und ordnete an, dass Admiral Röttger, in Zusammenarbeit mit dem Chefwissenschaftler Pawlow, unter allen Umständen herausfinden sollte, was es mit dem Objekt auf sich hatte. Desweiteren sollten die fünf Raumschiffe, zusammen mit den Siedlern, weiter nach New Eden fliegen, um die Schutzflotte dort zu verstärken. Die Regierung wollte kein noch so kleines Risiko eingehen, dass sich die erste Siedlungswelle der Menschheit irgendeiner potentiellen Gefahr ausgesetzt sah.
Obwohl Röttger nicht gerade begeistert darüber war, mit Sergey, dem Bruder von Andrey Pawlow, zusammen zu arbeiten, musste er sich doch eingestehen, dass er froh darüber war, ihn mit an Bord zu haben. Denn wenn er auch vom menschlichen Aspekt her nicht seine Wellen-

länge war - sein wissenschaftliches Know-how war unbestritten hervorragend.
Nach weiteren zwei Tagen mit endlosen Diskussionen wurde beschlossen, am 5. März den nächsten Erkundungsvorstoß zu wagen.
Röttger ging davon aus, dass die Relaiskette zur Erde spätestens am 20. März errichtet sein würde. Dann hatten sie eine ständige Verbindung zur Regierung und anderen Wissenschaftlern, um sich über anstehende Schwierigkeiten auszutauschen.
So landete am 5. März das Beiboot der SOLARIS erneut am Basislager auf Wonderland. Dieses wurde schleunigst mit Hilfe der Androiden erweitert, denn Sergey Pawlow und zwei weitere Wissenschaftler waren von nun an mit von der Partie.
Als Erstes gingen sie daran, eine Bohrarmatur aufzustellen. Sergey Pawlow hatte vorgeschlagen, in die Tiefe zu bohren, um die Sperre zu unterwandern oder aber um festzustellen, wie tief der Schutzschirm reichte. Andrey Pawlow, der seinem Bruder aufgrund seines oft recht arroganten Verhaltens distanziert gegenüber stand, konnte nicht umhin, die Idee zu begrüßen. "Perfekt! Da hätten wir auch darauf kommen können."
Sergey Pawlow erwiderte kühl und mit stolzgeschwellter Brust: "Deshalb bin ich auch mitgeschickt worden. Nun, da jetzt das Genie der USOP anwesend ist, sollten wir bald das Problem gelöst haben."
Nach einem Moment der Stille, in dem sich die anderen augenrollend vielsagende Blicke zuwarfen, kommentierte Schwarz trocken: "Na, dann mal los, Mr. Cleverclever, wir sehen dem Ergebnis Ihrer Gedankenflüge gespannt entgegen!"

Pawlow warf ihm von oben herab einen Blick zu und schluckte eine Antwort herunter, als er das Stirnrunzeln und den kritischen Blick von Röttger bemerkte.
In der Zwischenzeit war das Bohrgestänge aufgebaut worden und Pawlow gab, nach Zustimmung von Röttger, den Befehl zum Start.
Der Bohrer drang mühelos ins Erdreich ein und überwand Meter um Meter. In regelmäßigen Abständen wurde ein kleiner Bohrer, der am Hauptgestänge befestigt war, quer geschickt. Das Resultat zeigte gleichbleibend: Die Sperre war unüberwindbar vorhanden. Nach zwei Kilometern war die Reichweite des Bohrers erreicht. Röttger gab die Anweisung, diesen Versuch abzubrechen. Mit den vorhandenen, technischen Möglichkeiten konnten sie nicht tiefer gehen, also schied dieser Weg aus.
Andrey konnte es sich nicht verkneifen, seinen Bruder zu fragen: "Na, Bruderherz, welchen fantastischen Einfall hast du als Nächstes?"
Pawlow zuckte die Achseln und gab freimütig zu: "Im Moment ist nichts in der Pipeline - aber das kann ja noch werden."
Nach weiteren Beratungen und Auswertungen, gemeinsam mit GOLEM, beschloss man, Hochfrequenzstrahlen einzusetzen und damit das Hindernis zu beschießen. Allerdings musste dafür Material vom Forschungsschiff geholt werden. Insofern war für diesen Tag erst einmal Schluss und alle begaben sich zurück zum Basislager.

Die Crew diskutierte mit den Experten auf dem Forschungsschiff und mit den Spezialisten auf der SOLARIS über Funk, aber es kamen keine weiteren, brauchbaren Vorschläge. Massive Gewalt, wie Raketen oder ähnliches, gegen das Objekt einzusetzen, verwarf man auf-

grund der unberechenbaren Risiken als letztes Mittel der Wahl.
Alle zogen sich relativ früh in ihre Kabinen des Basislagers zurück, um ausgeruht in den nächsten Tag zu starten. In der Zwischenzeit wurde eine unbemannte Raumkapsel zum Forschungsraumschiff geschickt, um die benötigten Materialen für den nächsten Versuch abzuholen. Die Androiden sollten die Apparatur in der Nacht aufbauen, damit man am Morgen direkt mit der Umsetzung beginnen konnte. Außer Sergey Pawlow hatten alle anderen allerdings starke Zweifel daran, ob sich das als Lösung erweisen würde.

Röttger rief am Abend noch in Ruhe die Meldungen ab, die für ihn eingegangen waren. Zu seiner großen Freude kam das tägliche "Alles okay!" vom Planeten New Eden und Düpier wünschte ihm viel Erfolg für den morgigen Tag. Auch die Relaiskette würde wohl schneller als gedacht fertig gestellt werden. Der Rapport der POLARIS Schiffe besagte, dass sogar schon am 12. März mit der Fertigstellung zu rechnen war, wenn alles weiter so glatt lief.
Später, als Michael Röttger mit seiner Frau auf dem Bett ihrer kleinen Behausung auf Wonderland saß, meinte er nachdenklich: "Auf New Eden läuft alles so gut, Li. Vielleicht sollten wir Wonderland einfach vergessen und des Rätsels Lösung zukünftigen Generationen überlassen. Denn dann ist die Besiedlung von New Eden abgeschlossen und vielleicht gibt es in der Zukunft neue, technische Entdeckungen, die die Sperre leichter überwinden ..."
Li musterte ihn erstaunt und meinte: "Ich erkenne dich nicht wieder, Michael. Du warst doch so darauf aus, Abenteuer zu erleben und Unbekanntes zu entdecken?"

Michael sah sie grübelnd an und gab dann zu: "Du hast recht, das ist auch so. Aber in diesem Fall habe ich einfach so ein ungutes Gefühl. Aber vielleicht ist es auch die gewachsene Verantwortung dieser Position, die mir auf die Stimmung drückt." Er streckte sich seufzend aus. "Hier vor Ort muss ich die letzte Entscheidung treffen. Aber wenn die Relaiskette zur Erde steht, kann ich mir leichter Rat von der KI GOLEM auf der Erde und anderen Wissenschaftlern holen."
Li gab nach kurzer Überlegung zurück: "Das ist gut, aber das wird grundlegend nichts ändern. Ja, du holst dir noch mehr Meinungen für eine Entscheidung ein, aber die wirst du weiterhin allein treffen müssen. Und die Verantwortung für die Konsequenzen trägst du ebenfalls."
Röttger sah seine Frau still an: "Das habe ich mir nicht so schwer vorgestellt, als ich zum Admiral ernannt wurde."
Li legte sich neben ihn, auf den Ellbogen gestützt: "Ich weiß, dass du dein Bestes gibst und allein das zählt, Liebster."
"Dein Wort in Gottes Ohr, mein Schatz", meinte Michael, während er sie an sich zog und jeder seinen Gedanken nachhing, bis sie irgendwann einschlummerten.

Kapitel 3 Der erste Kontakt

Früh morgens am 6. März versammelte sich die Mannschaft am Hindernis. Die Androiden hatten bereits alles vorbereitet, damit der Versuch, mit den Hochfrequenzstrahlen den unbekannten Schutzwall zu stören und ihn im besten Fall zum Zusammenbruch zu bringen, sofort beginnen konnte.
Voller Spannung schauten nun alle auf die Anzeige der Apparatur, die von einem Androiden bedient wurde. Sergey Pawlow verhielt sich heute auffallend ruhig und von seiner sonst so überheblichen Art war nichts zu spüren. Ruhig gab er die Anweisung, die Frequenzen ständig zu erhöhen und die Energiezufuhr immer weiter hochzufahren, wofür der Hauptmeiler des Beibootes angezapft worden war.
Das Summen wurde stetig lauter und es entstand knisternd ein blauer Energiebogen zwischen den Anschlüssen zum Hochfrequenzlaser.
Am Wall war jedoch bisher keine Wirkung zu erkennen und nach 15 Minuten kam die gesamte Anordnung an ihre Grenze, was sich in einer enormen Wärmeentwicklung ausdrückte und das Flackern des Energiebogens stärker wurde.
Trotz der eingeschalteten, energetischen Schirme der Raumanzüge wurde das laute Summen für die Menschen allmählich unerträglich. Plötzlich ertönten Warnmeldungen, die auf einen drohenden Kurzschluss hinwiesen, mit der Gefahr, dass der Hauptmeiler des Beibootes beschädigt werden könnte. Und schließlich begann die anspringende Sicherheitsautomatik, die Zeit bis zur Zwangsabschaltung herunter zu zählen.

Würde in letzter Sekunde vielleicht doch noch ein Ergebnis erzielt werden? Die Gruppe starrte gebannt auf die unsichtbare Sperre.
Röttger realisierte plötzlich sekundenschnell, dass die Sicherheitsautomatik zwar fertig gezählt hatte, aber keine Zwangsabschaltung einleitet wurde. Angesichts der drohenden Katastrophe stürzte er geistesgegenwärtig nach vorne, um den Notschalter selbst betätigen.
In der Hast geriet er in den Energiestrahl des Hochfrequenzstrahlers und als Folge flackerte der Schutzschirm seines Raumanzugs kurz auf und versagte endgültig. Unter dem Entsetzensschrei seiner Frau fasste sich Röttger mit einem Aufschrei an die Brust und taumelte zu Boden.
Blitzschnell sprangen Durrand und Schwarz, gefolgt von Mrs. Röttger und den Androiden, auf ihn zu, um ihn aus dem Gefahrenbereich zu bringen, als Röttger vor ihren Augen spurlos verschwand!
Fassungslos starrten alle auf die Stelle, wo er sich eine Sekunde zuvor noch befunden hatte.
Im gleichen Augenblick gab es einen gewaltigen Knall und die Energieversorgung des Lasers brach zusammen. Explosionsblitze und Funken stoben in alle Richtungen und die Menschen versuchten, sich in Sicherheit zu bringen. Trotzdem wurde Marco Bianchi, während sein Schutzschirm ebenfalls ausfiel, an der Schulter getroffen. Die Androiden bewegten sich sofort mit einer Bahre auf ihn zu, sprühten Heilplasma auf die verbrannte Haut und verabreichten ihm ein schmerzstillendes Mittel.
Währenddessen beruhigte sich die Lage langsam. Commander Smith hatte, als nächsthöherer Dienstgrad, die Befehlsgewalt übernommen und versuchte, die Lage zu sondieren. Nach und nach kamen die Schadensmel-

dungen vom Beiboot herein. Einige Energiespeicher waren explodiert, aber es war insgesamt einigermaßen glimpflich abgegangen. Die sofort in Aktion getretenen Sicherheitssysteme hatten das Schlimmste verhindert. Die Androiden begannen bereits mit der Reparatur und meldeten, dass das Beiboot innerhalb von vier Stunden wieder startbereit sein würde. Auch die Verletzung von Bianchi erwies sich als wenig dramatisch. Er würde innerhalb eines Tages wieder auf den Beine sein.
In der Zwischenzeit hatte die Besatzung des Beibootes auf Anordnung von Commander Smith die SOLARIS von den Vorkommnissen unterrichtet. Angelika Kraemer wies den sofortigen Start eines zweiten Beibootes an und orderte das Beschädigte zurück, um dieses im Mutterschiff wieder instand zu setzen.
Erst jetzt konnten sich alle damit beschäftigen, was mit Admiral Röttger geschehen war. Seine Frau schien blass, zeigte sich aber gefasst und beteiligte sich mit den anderen an der Suche nach ihrem verschwundenen Mann.
Aber es war alles vergeblich: Keine Ortung sprang an, kein Funkspruch wurde erwidert, kein Geländescan zeigte auch nur das geringste Lebenszeichen. Nach zwei Stunden war man am Ende der Möglichkeiten. Officer Krämer, als Stellvertreterin von Röttger, ordnete die Rückkehr des Trupps von Wonderland an. Vier Androiden verblieben im Basiscamp, falls Röttger auftauchen würde.
Als alle wieder an Bord der SOLARIS eintrafen, rief Krämer die Beteiligten in den Konferenzraum des Raumschiffes, um über die Situation zu beraten.
Die zugeschaltete, künstliche Intelligenz stellte ihre Auswertung dar: GOLEM wies darauf hin, dass Röttger mit mehr als 99% Wahrscheinlichkeit nur innerhalb des

Schutzwalls verschwunden sein konnte. Leider hatte die KI keine Empfehlungen für weitere Maßnahmen. Die Erde und New Eden waren bereits von dem Vorkommnis unterrichtet worden und die Gouverneurin Düpier bot ihre Unterstützung an, sollte diese benötigt werden.
Commander Smith sprach Mrs. Röttger seine Anteilnahme aus und Schwarz und Durrand versuchten, ihr Trost zuzusprechen. Niemand würde Röttger aufgeben und früher oder später würden sie einen Weg durch den Wall finden. Alle waren sich darin einig, dass, bis das Schicksal von Röttger nicht vollkommen geklärt war, die SOLARIS vor Ort blieb.
Als Li Röttger endlich die Kabine betrat, setzte sie sich benommen auf das gemeinsame Bett und starrte eine lange Zeit still vor sich hin. Michael hatte sich solche Sorgen um sie gemacht und nun? Die hervorquellenden Tränen wegwischend, entschied sie verzweifelt, dass es einfach nicht sein konnte, dass er nie mehr wieder kam. Es durfte nicht sein ...
Irgendwann war die Müdigkeit so groß, dass sie in einen traumlosen Schlaf fiel. Aber mitten in der Nacht wachte Li mit dem eigenartigen Gefühl auf, dass Michael noch lebte, wo auch immer er sich befand. Eingedenk ihrer starken, seelischen Verbindung, die sie schon im letzten Jahr so unerklärlich zusammengeführt hatte, lag sie lange wach, diesem besonderen Gefühl nachspürend. Schließlich beschloss Li Röttger, darauf zu vertrauen und schlief dieses Mal, ruhiger geworden, wieder ein.

Michael Röttger

Röttger kam langsam zu sich, erhob sich und schaute sich verwundert um. Außer einer leichten Beklemmung

in der Brust ging es ihm gut, stellte er fest. Und allmählich kehrten auch die Erinnerungen an die Vorkommnisse zurück. Aber - wo war seine Mannschaft? Verwirrt blickte er sich um und stellte sich die nächste Frage: Wo war er hier?
Ihm schwirrte der Kopf und er versuchte, sich zu sortieren. Er entschied, sich auf das Nächstliegende zu konzentrieren: Wo befand er sich?
Sich umschauend erfasste er einen relativ großen, leeren Raum. Während Röttger noch grübelte, wo er hier gelandet war, erschien eine Öffnung in der Wand. Ihm fiel fast die Kinnlade herunter, so verblüfft starrte er die jetzt eintretende Erscheinung an: Eine weibliche Gestalt von atemberaubender Schönheit ging auf ihn zu. Schimmernde Haare mit einem rötlichen Mahagoni-Farbton umspielten als kinnlanger Bob ihr klassisch schönes Gesicht. Sie bewegte sich mit einer Anmut, die an Perfektion kaum zu überbieten war und erfüllte den kleinen Raum mit einer strahlenden Präsenz. Gekleidet war sie in eine Art Uniform, die sich passgenau an ihren vollendeten Körper anschmiegte. Vor ihm angekommen sah sie ihn schweigend an.
Mit Mühe riss Röttger seinen Blick von ihren wunderschönen Augen los und fragte energisch: "Wo bin ich hier? Wer sind Sie?"
Sie erwiderte seinen Blick gelassen und, mit einer Stimme, die ihn erneut in ihren Bann zog, erwiderte sie: "Bürger von SOL, Sie haben sich mehr 6000 Jahre Zeit gelassen, um hier zu erscheinen. Es gibt Fragen, die Sie dem Wächter der Ewigkeit beantworten müssen: Warum haben Sie sich über einen so langen Zeitraum nicht mehr gemeldet? Warum erscheinen Sie hier, in einer längst vergangenen Epoche? Sie tragen den Zeitstempel in sich und kennen nicht den Zugangscode?"

Die Frau schwieg und betrachtete ihn nun so durchdringend, dass in Röttger das unangenehme Gefühl wuchs, durch und durch geröntgt zu werden.
Er schloss für einen Moment die Augen, um angesichts dieser vielen Eindrücke seine Gedanken zu ordnen. Es war eine groteske Situation, in der er sich befand, dachte Röttger, und anstatt Antworten zu erhalten, nahmen die Rätsel noch zu. Bürger von SOL ... Wächter der Ewigkeit ... und dann diese umwerfend schöne Frau.
Plötzlich nahm er ein wohlriechendes Aroma von Essen wahr, was ihm sofort das Wasser im Mund zusammen laufen ließ. Gleichzeitig feststellend, dass er Hunger hatte, öffnete er die Augen und ... erstarrte.
Was war das? Er befand sich in seiner Kabine auf der SOLARIS und vor ihm stand eine seiner Lieblingsspeisen auf dem Tisch. Tief durchatmend tastete er nach der Wand und setzte sich langsam auf den, scheinbar vor ihm stehenden, Stuhl: War das alles eine geschickte Fiktion oder Wirklichkeit?
Nach einem Augenblick entschied Röttger, mit Hilfe seiner Armbanduhr, die eine Kommunikation mit der Zentrale aufnehmen konnte, einen Kontakt zu versuchen. Falls das hier Realität war, würde er sofort eine Antwort erhalten. Und tatsächlich: Er vernahm die Stimme von Officer Angelika Krämer, die langsam und misstrauisch fragte: "Admiral Röttger? Sind Sie das in Ihrer Kabine?"
Röttger saß starr auf dem Stuhl, sich stumm sortierend und erwiderte schließlich: "Ja, danach sieht es aus."
Im dem Moment öffnete sich bereits die Tür und zwei Wachsoldaten betraten die Kabine. Sie blieben am Eingang stehen und meldeten der Zentrale, dass sie sich jetzt in der Kabine befanden und Admiral Röttger leibhaftig vor ihnen saß.

Röttger nahm schmunzelnd, und mit zunehmender Erleichterung, wahr, dass sie ihn scannten, eine übliche Prozedur in unbekannten Situationen. Schließlich salutierten sie und baten ihn, ihnen in die medizinische Station zu folgen. Dort wurde er sofort sicherheitshalber einem Gesundheitscheck unterzogen.
"Michael, du bist es wirklich!", begrüßte ihn Krämer erfreut, als sie dort ankam. "Ich habe deiner Frau schon Bescheid gegeben; sie wird gleich hier sein. Wir sind alle froh, dich wieder an Bord zu haben!"
Röttger lächelte sie an: "Geht mir ganz genauso, Angelika. Allerdings sind die Rätsel nur noch größer geworden."
Krämer wollte gerade zu einer Nachfrage ansetzen, als sich die Tür öffnete. Li Röttger kam herein und stürzte auf ihn zu.
"Michael, du ... du bist hier!"
Er sah er ihr sofort an, dass sie sich große Sorgen um ihn gemacht haben musste, während sie auf ihn zulief und ihr die Tränen über die Wangen liefen. Außerdem schien sie etwas hagerer geworden zu sein, stellte er erstaunt fest. Röttger erhob sich, um sie fest in seine Arme zu schließen.
Krämer zog sich dezent zurück und meinte beim Hinausgehen: "Wir sprechen uns später, wenn du wieder einsatzbereit bist."
"Ich habe solche Angst um dich gehabt", flüsterte Li. "Zuerst hatte ich das Gefühl, dass du noch lebst."
Michael küsste ihr die Tränen weg und streichelte sie zärtlich, sie eng an sich gedrückt haltend.
"Aber als du so lange weg warst, habe ich allmählich die Hoffnung aufgegeben ..."
"Wie?", fragte Michael verblüfft, "ich kann doch nur einen halben Tag weg gewesen sein."

Li saß ihn mit großen Augen an: "Nein, du warst 3 Wochen lang verschwunden!"
Michael setzte sich wieder, während sie sich vor ihn kniete, seine Hände haltend. "Was ist passiert?", fragte sie leise.
"Wenn ich das wüsste", gab er zur Antwort und sah sie bestürzt an. Seinen Blick den Ärzten zuwendend fragte er, ob etwas dagegen sprach, dass er sich zurückzog. Nach zehn Minuten konnten beide die Station verlassen und gingen in ihre Kabine.
Das Essen ließ er zur Untersuchung wegbringen und schließlich hatten sie Zeit für sich. Li zog ihn zu sich, um sich leidenschaftlich zu vergewissern, dass er tatsächlich wieder da und in ihrem Leben war. Michael gab ihrem Bedürfnis nach, spürend, wie in der stürmischen Vereinigung der Boden unter seinen Füßen allmählich wieder fester wurde, nach all den verwirrenden Informationen und Erlebnissen. Als sie schließlich ermattet nebeneinander lagen, sah er sie an und grinste: "Weißt du was? Ich habe einen Bärenhunger!"
Li lächelte etwas schuldbewusst und erwiderte: "Entschuldige ... und ich habe nur an mich gedacht. Nach drei Wochen ist das ja schließlich kein Wunder!"
Sie machten sich auf, um in der Messe etwas essen zu gehen. Dort angekommen wurden sie von den anwesenden Personen freudig begrüßt. Aber Röttger wehrte weitergehende Fragen ab und nach einem ausgiebigen Essen zogen sie sich erneut in ihre Kabine zurück.
Am nächsten Morgen, nach dem Frühstück, übernahm Admiral Röttger wieder offiziell das Kommando.
Als Erstes berief er eine Konferenz mit Commander Smith, Officer Krämer, den führenden Wissenschaftlern und allen ein, die mit ihm auf dem Planeten gewesen waren.

Admiral Röttger berichtete nun von seinen Erlebnissen und bat im Anschluss die Anwesenden um ihre Meinung sowie um Vorschläge für eine weitere Vorgehensweise.
Sergey Pawlow meldete sich zu Wort: "Nun, wenn ich das richtig sehe, haben wir es hier mit einer sehr fortgeschrittenen Technologie zu tun, und zwar mit einer Art von Teleportation. Denn anders ist nicht zu erklären, Admiral, wie Sie unbemerkt und unvermutet wieder an Bord auftauchen konnten. Dann stellt sich die Frage: Wie haben Sie die drei Wochen überlebt? Haben Sie unter Umständen einfach keine Erinnerung mehr daran oder hat man Sie künstlich ernährt? Und diese merkwürdige Anrede "Bürger von SOL", die Bezeichnung "Wächter der Ewigkeit" ... und dass Sie sich 6000 Jahre Zeit gelassen haben sollen. Ich muss sagen, es fehlen noch viele Informationen, um dieses Puzzle zusammenzusetzen."
Pawlow sah daraufhin die anderen an, aber jeder hing seinen eigenen Gedanken nach.
Röttger bat nach einer Weile GOLEM um seine Meinung. Ebenso wie sein irdisches Double zog es die bordeigene, künstliche Intelligenz GOLEM vor, als Hologramm zu erscheinen. Sie hatte dafür John F. Kennedy gewählt, ein Politiker und Idol des 20. Jahrhunderts.
GOLEM-Kennedy legte mit folgenden Worten seine Analyse dar: "Nach der Auswertung der bisherigen Fakten dürften wir es mit einer menschlichen Rasse aus der Zukunft zu tun haben. Dafür spricht das Erscheinungsbild der Frau, die die Kommunikation mit Admiral Röttger geführt hat. Für ein Zeitphänomen spricht die Frage: "Warum haben Sie sich so lange Zeit gelassen und erscheinen in einer längst vergangenen Zeit?"
Als Wächter der Ewigkeit wird entweder der Herrscher der Bürger von SOL bezeichnet oder es handelt sich um

eine künstliche Intelligenz, die uns weit überlegen sein dürfte. Dann stellt sich die Frage, ob diese Frau ein biologisches Wesen oder ein Androide ist.
Ich rate unbedingt davon ab, Gewalt anzuwenden, in welcher Form auch immer. Das könnte mit hoher Wahrscheinlichkeit zu unserer eigenen Zerstörung führen.
Als Ansatzpunkt für weitere Maßnahmen bietet sich der Faktor Zeit an. Was hat es mit dem Zeitstempel auf sich? - Es sollten dahingehend weitere Überlegungen unternommen werden. GOLEM Ende."

Nach GOLEMs Beurteilung der Situation begann eine lebhafte Diskussion.
Finn Schwarz warf begeistert ein: "Vielleicht hat die Menschheit kapitale Dummheiten gemacht und ist in der Zukunft ausgestorben? Und nur die künstlichen Intelligenzen und Maschinen haben überlebt. Stellt euch das mal vor: eine Zivilisation von Maschinen! Unsterblich für alle Ewigkeit, solange, bis dieses Universum untergeht. Was für eine faszinierende Vorstellung!"
Manual Durrand erwiderte trocken: "Das mag sicherlich faszinierend sein, aber für uns Menschen wohl kaum erfreulich, Finn. Außerdem bringt es uns nicht weiter. Und mal abgesehen davon: Selbst wenn es uns gelingen sollte, das Geheimnis dieses Grenzwalls zu lüften, wer sagt uns denn, dass wir dort einfach so herumspazieren können? Und wer befindet sich eigentlich dort: Menschen oder Maschinen? In jedem Fall werden wir mit Lebensformen rechnen müssen, die uns technologisch weit überlegen sind."
Li Röttger meldete sich jetzt zu Wort: "Und warum sinkt der Sauerstoffgehalt rapide in so kurzer Zeit, sprich innerhalb von einigen Monaten, ab? Welches Terraforming wird hier betrieben? Ich frage mich: Benötigen die Men-

schen der Zukunft, falls es tatsächlich Menschen sind, eine andere Zusammensetzung der Luft?"

"Fragen über Fragen", stimmte Andrey Pawlow zu, "was auch immer dabei herauskommt – es ist unglaublich spannend!"

Marco Bianchi sagte ernst: "Das ist es sicherlich, dennoch sollten wir nicht außer Acht lassen, dass uns von einer so überlegenen Lebensform auch unbekannte Gefahren drohen können. Wir sollten mit der entsprechenden Vorsicht an die Sache herangehen."

In diesem Moment sprang der Chefwissenschaftler Sergey Pawlow auf und lief aufgeregt hin und her. Gerade als Röttger fragen wollte, ob er sich nicht zu einer Mitteilung hinreißen lassen wollte, brach es auch schon aus ihm heraus: "Aber natürlich, das ist es; wir sind wirklich mit Blindheit geschlagen! Es hat alles mit der Zeit zu tun und zwar mit einem Reisen in der Zeit. Habe ich es nicht schon immer gesagt, dass ein Irrsinn war, Zeitreisen zu verbieten?"

Röttger unterbrach ihn brüsk: "Könnten Sie bitte auf den Punkt kommen? Ihre Meinung, was das Verbot von Zeitreisen angeht, ist uns allen bestens bekannt. Es wäre erfreulich, wenn Sie Ihre weiteren Erkenntnisse mit uns teilen würden!"

"Ja, sehen Sie denn nicht den Zusammenhang?", rief Pawlow. "Der Begriff "Zeitstempel" ist der Schlüssel zur Lösung. Denn wer von den hier Anwesenden ist schon einmal durch die Zeit gereist: natürlich die Crew der EXTREMUS 1, sowie meine Wenigkeit! Und vermutlich haben wir damit so etwas wie einen Zeitstempel erhalten. Und deshalb sind auch nur Sie, Admiral, und nicht Bianchi, hineingezogen worden, als der Schutzschirm des Raumanzugs zusammenbrach."

Pawlow sah sich im Raum um und erwartete hochzufrieden eine begeisterte Reaktion. Alle starrten ihn an und, nachdem sich die erste Verblüffung gelegt hatte, meldete sich GOLEM-Kennedy zu Wort: "Die These von Pawlow ist mit hoher Wahrscheinlichkeit zutreffend."
Sein Bruder Andrey Pawlow kommentierte sofort grinsend: "Wie gut, dass wir das Genie der USOP hier bei uns haben!"
Pawlow warf ihm einen geringschätzigen Seitenblick zu und Röttger warf mahnend ein: "Meine Herren, wir tun gut daran, uns auf eine Lösung zu konzentrieren und uns nicht in Sticheleien zu verlieren. Ihre Schlussfolgerungen sind verständlich, Pawlow – ich stimme GOLEM zu. Daher schlage ich vor, nach Genehmigung durch die Regierung der Erde, zusammen mit der Crew und Pawlow, auf die Oberfläche zurückkehren. Wir werden unseren Schutzschirm ausschalten und testen, ob wir dieses Mal die Sperre überwinden können. Wenn Ihre These stimmt, Pawlow, dann werden wir schnell eine Bestätigung erleben. Gibt es jemanden, der Argumente dagegen hat?"
Carla Caracas sagte: "Ich möchte dem, was Marco Bianchi zuvor gesagt hat, beipflichten. Bei allem Respekt für Ihren Forschungsdrang, Admiral, wir wissen bis jetzt nicht, mit was oder mit wem wir es zu tun haben. Unüberlegte Verhaltensweisen können zu Fehldeutungen führen und eine Katastrophe auslösen. Ich empfehle, auf der anderen Seite des Walls mit größter Vorsicht vorzugehen. Denn wenn sich die These als wahr erweist, werden wir, Bianchi, ich sowie die Androiden, Sie nicht begleiten und unterstützen können."
Angelika Krämer ergriff jetzt das Wort: "Ich schließe mich Caracas Meinung an. Dein Vorhaben, Michael, ist mit einem unkalkulierbaren Risiko verbunden. Ich bin der

Meinung, du solltest dich und die anderen nicht so schnell in etwas hineinstürzen, was wir alle noch nicht einschätzen können."
"Und was ist deine Meinung dazu, Ronald?", fragte Röttger.
Commander Smith erwiderte langsam: "Ja, ich höre die vielen Bedenken. Auf der anderen Seite kommen wir einfach nicht weiter. Wir stehen buchstäblich vor einer Betonwand und halten nur kleine Puzzleteile in der Hand, ohne zu wissen, wie viele uns noch fehlen. Ja, es gibt ein Risiko. Auf der anderen Seite wurdest du unbeschadet zurück teleportiert, Michael, einschließlich deines Lieblingsessens." Smith schaute schmunzelnd in die Runde und fuhr dann fort: "Daher gehe ich nicht davon aus, dass man uns feindlich gesonnen ist. Ich befürworte dein Vorgehen, schlage aber vor, dass die Crew die Zeit bis zum Beginn nutzt und sich für diese außergewöhnliche Situation ein paar Strategien überlegt. Schließlich hatten wir Menschen bisher keinen, wie auch immer gearteten, Fremdkontakt und haben im Umgang damit keinerlei Erfahrung."
Röttger erwiderte nach einer gedanklichen Pause: "Gut, dann ist das beschlossene Sache. GOLEM, sende den Bericht der Sitzung und unseren Vorschlag zur Erde. Wir werden uns in der Zwischenzeit entsprechend vorbereiten."
Da mittlerweile die Kommunikation zur Erde seit dem 12. März in Betrieb war, sollte man innerhalb von zwei Tagen mit einer Antwort rechnen können. Also konnte der nächste Vorstoß dann in drei Tagen, am 25. März, stattfinden, eine positive Antwort vorausgesetzt.
Die Trupp würde sich aus der ehemaligen Crew der EXTREMUS 1, Pawlow, Bianchi und Caracas zusammen setzen, sowie 5 Androiden. Sollte sich die Theorie

des Zeitstempels als richtig erweisen, würden mit Röttger ebenfalls Li Röttger, Durrand, Schwarz und die Pawlows die Sperre passieren. Nachdem festgelegt worden war, welche Ausrüstung und Waffen mitgenommen werden sollten, war die Sitzung beendet.

Wie erwartet kam am 24. März die Antwort der Erde in Form einer Anweisung von Präsident Dubois, dass man das vorgeschlagene Vorgehen begrüßte. Gleichzeitig wurde nun ein ständiger Kommunikationskanal zur SOLARIS bereitgehalten. Zum einen synchronisierte sich die KI GOLEM auf der Erde auf diese Weise ständig mit der Bord-KI und zum anderen war man auf der Erde mit ein wenig Zeitverzögerung über alle Ereignisse informiert.
Und so startete am Morgen des 25. März das Beiboot der SOLARIS und landete beim Basislager. Nach einer letzten Besprechung schleuste sich der Erkundungstrupp mit den fünf Androiden aus und machte sich auf den Weg zum Hindernis. Commander Smith blieb im Raumschiff der SOLARIS 1 und verfolgte das Geschehen von dort. Nachdem die Mannschaft nach 200 Metern am unsichtbaren Wall angekommen war, schaltete die Gruppe den Schutzschirm des Raumanzugs aus und wartete gespannt auf das, was nun folgen würde.
Und ... ohne, dass sie auch nur das Geringste bemerkten, fanden sich Andrey und Sergey Pawlow, Li und Michael Röttger, Manuel Durrand und Finn Schwarz plötzlich in dem, von Röttger bereits beschriebenen, Raum wieder. Gleichzeitig fuhren ein Tisch sowie eine entsprechende Anzahl von Stühlen aus dem Boden. Danach geschah nichts mehr.
Durrand schaute auf seine Armbanduhr und sagte in die Stille hinein: "Wenn meine Uhr stimmt, sind jetzt 7 Minu-

ten vergangen. Wir sollten später überprüfen, wenn wir zurückgekehrt sind, wie viel Zeit in diesem Zeitraum, den wir hier verbracht haben, "draußen" vergangen ist."
"Guter Vorschlag", stimmte ihm Röttger zu. Alles war ähnlich wie bei seinem letzten Besuch, stellte er fest, erleichtert, dass er dieses Mal nicht allein hier war. Unwillkürlich warf er seiner Frau einen Blick zu, die neben ihm stand. Li hatte bei dieser Mission unbedingt dabei sein wollen, Risiko hin oder her. Noch einmal drei Wochen, ohne zu wissen, was mit ihm war, das würde sie nicht mehr mitmachen, hatte sie ihm unerbittlich erklärt. Und letzten Endes spürte er, was auch immer aus diesem Abenteuer herauskommen würde, dass er sich freute, sie an seiner Seite zu wissen. Sanft berührte er kurz ihre Hand, ihr einen liebevollen Blick zuwerfend. Röttger bemerkte, dass alle anderen neugierig und gespannt die Umgebung betrachteten. Was würde als Nächstes geschehen?

Kapitel 4 Reise in die Zukunft

Wie beim letzten Mal nahmen Bianchi und Caracas wahr, dass die Crew unvermittelt verschwand. Die an der Sperre positionierten Androiden konnten den Schutzwall ebenso wenig wie sie selbst nach wie vor nicht passieren. Also kehrten Bianchi und Caracas zum Raumschiff zurück, denn es gab vorerst nichts mehr zu tun. Sie konnten nur noch abarten.

Aber die Geduld der Zurückgebliebenen wurde auf eine harte Probe gestellt. Denn nach vier Tagen war immer noch kein Lebezeichen von der Mannschaft zu vermelden.

Und so widmeten sich alle wieder den Routineaufgaben. Es wurden tägliche Messungen auf dem Planeten durchgeführt; ein weiteres Absenken des Sauerstoffgehalts der Luft auf Wonderland passierte ganz offensichtlich nicht und auch sonst gab es dort nichts Auffälliges zu vermelden.

Von einem Tag auf den anderen tauchten jedoch außergewöhnliche Phänomene auf: New Eden, die Erde sowie die im Orbit kreisende SOLARIS meldeten fast zeitgleich, dass in einiger Entfernung vom Mars und in der Nähe der Sonnen Alpha Centauri A und B ein riesiges Dreieck im All erschienen war. Officer Krämer entsandte sofort ein Beiboot in Richtung des Objektes, aber näher als 20 Kilometer kam es nicht heran. Es schien sich dabei um eine kugelförmige Sperre zu handeln, ähnlich der auf dem Planeten Wonderland. Die Weltraumüberwachung vom Mars und New Eden kamen zum gleichen Ergebnis. Bis jetzt war aber keine Aktivität des Objekts zu verzeichnen, sodass Officer Krämer von keiner akuten Gefahrensituation ausging.

Also beschloss Angelika Krämer, abzuwarten und nichts weiter zu unternehmen. Denn es war stark davon auszugehen, dass die Erscheinung dieser Objekte mit dem Besuch von Röttger und seinen Leuten in dem Gebilde auf Wonderland zu tun hatte. Nach einer kurzen Besprechung mit der Erde und New Eden folgten alle ihrer Empfehlung.
Dann kam es nur zwei Tage später zum nächsten Ereignis: Die Dreiecke begannen, zu glühen und gaben eine intensive, energetische Strahlung ab. Diese Aktivität führte zu erheblichen Problemen bei allen Flügen, da die empfindlichen Geräte der Raumschiffe, trotz eingeschalteter Schutzschirme, in ihrer Funktion gestört wurden. So kam es zu plötzlichen Ausfällen der Triebwerke, fehlerhaften Navigationsdaten und einer massiven Störung des Funkverkehrs. Die Wachflotte bei New Eden und Wonderland hatte ebenfalls mit erheblichen Problemen zu kämpfen, aber schlimmer noch traf es die Flüge im irdischen Sonnensystem. Schließlich rief die Regierung auf der Erde den Notstand aus und untersagte alle zivilen Flüge innerhalb des Sonnensystems. Als Folge kostete jeder vergehende Tag den Firmen enorm viel Geld, da der Handel komplett zum Erliegen kam.

In der Mondbasis saß der, aus 20 Mitgliedern bestehende, Sicherheitsrat der USOP unter der Leitung von Admiral McLean zusammen. Präsident Dubois war vom Regierungssitz der Erde zugeschaltet und GOLEM als Hologramm Einstein anwesend.
Seit nunmehr zwei Stunden wurde die Situation diskutiert. So gab es die Meinung, dass die Dreiecke eine Bedrohung darstellten und darauffolgend die Frage, ob man eine Chance hatte, diese im Ernstfall zu zerstören.

Obwohl man seit dem Desaster mit der EXTREMUS 1 enorme Summen in den Aufbau einer Raumflotte gesteckt hatte, waren erst knapp 300 Einheiten der POLARIS Klasse und zwei weitere Schiffe der SOLARIS Klasse einsatzfähig. Für sich gesehen war das eine gewaltige Streitmacht, aber im aktuellen Krisenfall wenig hilfreich.
Die einen wollten die volle Kampfkraft der Raumflotte einsetzen, die anderen warnten davor - was die KI GOLEM ebenfalls tat. So drehte sich die Diskussion mehr oder weniger im Kreis.
Mitten in die Debatte platzte die nächste Hiobsbotschaft herein. Die im Orbit des Mars stationierte Flotte meldete, dass der Mars vor ihren Augen verschwunden war, während sich die Intensität der Emissionen, die von dem Dreieck ausgingen, massiv verstärkt hatte. Kurz darauf sah man den Planeten nur noch verschwommen und ein Kontakt zur Oberfläche war nicht mehr möglich. Ein Schiff der POLARIS Klasse mit 400 Mann Besatzung, das sich in der Nähe des Dreiecks befunden hatte, war außerdem zerstört worden.
Ein entsetztes Schweigen breitete sich im Raum aus. Admiral McLean ordnete nach einigen Minuten den sofortigen Rückzug der Wachflotte in eine sichere Entfernung an und gab roten Systemalarm. Allerdings blieb erst einmal offen, was eine sicherere Entfernung war. Mit Hilfe von Sonden legte man einen Radius von 1000 Kilometern fest.
Innerhalb von Minuten fuhren auf dem Mond und der Erde die unterirdischen Geschütztürme aus dem Boden. Die fliegenden Abwehrforts rund um die Erde und dem Mond machten sich kriegsbereit und bauten ihre energetischen Schutzschirme auf. Der Regierungssitz auf der Erde wurde in den Boden abgesenkt. Sowohl um die

Erde als auch um den Mond formte sich ein planetenumspannender Schutzschirm. Der gesamte, zivile Flugverkehr wurde gestoppt und alle, nicht unbedingt benötigen, Verbraucher abgeschaltet, denn der planetenweite Schutzschirm benötigte ungeheure Mengen an Energie. Die Zivilbevölkerung wurde gebeten, unverzüglich in ihre Wohnungen zurückzukehren und dort das weitere Geschehen abzuwarten.
Der Sicherheitsrat bevollmächtigte schlussendlich Präsident Dubois, den Angriffsbefehl zu erteilen. Obwohl GOLEM davon abriet, wies Präsident Dubois die Raumstreitkräfte an, beim geringsten Anzeichen eines Angriffs das Feuer zu eröffnen.
Die Beobachtungssonden um den Mars herum zeigten jedoch keine aktive Bedrohung. Und so hielt man sich in einer Entfernung von circa 1000 km von den beiden Objekten und wartete ab. Die Anspannung hielt sich hartnäckig und jeder rechnete jeden Augenblick mit dem Angriff. Zwar waren sie bestmöglich vorbereitet, aber sie hatten nicht die geringste Ahnung, mit was sie es hier eigentlich zu tun hatten.

Wonderland

Von all diesen Ereignissen bekamen Röttger und seine Mannschaft innerhalb des kugelförmig abgeschirmten Bereichs auf Wonderland nichts mit.
Nun verweilten sie, laut Durrand, bereits seit mehr als einer Stunde in diesem eigenartigen Raum, ohne dass irgendetwas geschehen wäre. Zwar gab es einen Tisch und Stühle, aber keine Tür und sie überlegten gerade, ob sie sich nicht gewaltsam einen Durchlass verschaffen sollten.

Plötzlich bildete sich, wie bei Röttgers erstem Besuch, lautlos eine Öffnung in der Wand und herein kam eine Frau von so vollendeter Schönheit, dass alle staunend inne hielten und keiner einen Ton herausbrachte.
Das Team starrte wie gebannt und bewundernd auf diese atemberaubende Gestalt, die mit ihrer Präsenz den Raum zu erfüllen schien.
Ohne die geringste Regung zu zeigen, schritt sie anmutig auf Röttger zu, sah ihn unergründlich an und sagte mit einer lieblichen Stimme, die jeden im Raum berührte: "Willkommen, Bürger von Sol. Der Wächter der Ewigkeit ist erfreut, so viele Überlebende der Raumzeitkatastrophe von 76 NZ (Neue Zeitrechnung) zu treffen. Es erschließt sich ihm allerdings nicht, wo ihr euch in der Zwischenzeit aufgehalten habt und warum ihr so weit in der Vergangenheit auftaucht. Mittlerweile hat er die verbliebene Zeitmaschine aktiviert, um euch in die Gegenwart zurückzuholen. Er bittet um ein wenig Geduld. In weniger als einer Stunde ist die Synchronisierung der Zeit vollendet, sodass ihr mit dem Wächter der Ewigkeit persönlich sprechen werdet."
Sie wandte sich wieder ab und wollte den Raum verlassen, als Finn Schwarz spontan einen Schritt auf sie zumachte und eindringlich rief: "Halt, warte mal! Normalerweise stellt man sich vor und verschwindet nicht so einfach."
Röttger, eingedenk der Warnungen, nichts Unüberlegtes zu tun, wollte Schwarz gerade anmahnen, als sich die Schönheit umdrehte und ruhig auf Schwarz zuging. Vor ihm stehend schaute sie ihn mit einem Blick an, der ihm durch und durch ging.
Finn hielt unwillkürlich den Atem an und schluckte mühsam. So eine außergewöhnliche und atemberaubende Frau hatte er in seinem ganzen Leben nicht erlebt, dach-

te er aufgeregt. Das Herz schien ihm bis zum Hals zu klopfen und er fühlte, wie er in diesen faszinierenden, braunen Augen zu versinken begann. Von einer Sekunde auf die andere wünschte sich Finn plötzlich nichts sehnlicher, als ihr nahe zu sein ...

In diesem Augenblick riss ihn ihre melodische Stimme aus seiner Selbstversunkenheit: "Ich bin Athena, die Tochter des Wächters der Ewigkeit. Wer bist du?"

Sich besinnend erwiderte Schwarz hingerissen: "Ähm ... Ich bin Finn Schwarz und Bürger des Planeten Erde."

"Bürger der Erde?", wiederholte sie erstaunt.

Finn Schwarz wusste mit einem Mal, dass es um ihn geschehen war. Athena ... Das war der Name einer griechischen Göttin, die Göttin der Weisheit. Und als Göttin erschien sie ihm fürwahr. War sie die Anima, seine weibliche Seite, mit er eins wurde, mit der er eine bedingungslose, umfassende und perfekte Liebe erfahren würde?

Er war bis jetzt unverheiratet, während alle seine alten Freunde schon längst Frau und Kinder hatten. Natürlich hatte es hier und da eine kleine, heiße Affäre gegeben und selbst seine attraktive Kollegin hatte es bei ihm versucht, aber etwas in ihm war stets unruhig und schien ihm zuzuflüstern: Sie ist es nicht - warte noch ab! Und da war sie nun, auf Wonderland ...

"Sind etwa gesundheitliche Probleme aufgetreten, sodass ihr alles vergessen habt? Nun, das werden wir bald herausfinden", sagte Athena jetzt freundlich.

Berührt und aufgeregt angesichts dieser überwältigenden Gefühle wurde ihm bewusst, dass er diese einmalige Gelegenheit beim Schopf packen musste.

"Ich bin Finn", sagte Schwarz langsam, während ihm die Gedanken nur so durch den Kopf rasten. Schließlich brachte er heraus: "Ich habe mein Leben lang nach dir

gesucht, Athena, ohne zu wissen, dass ich immer nur nach dir Ausschau gehalten habe."
Schwarz streckte ihr jetzt sehnsüchtig beide Hände entgegen und sagte leise und mit einem Tonfall, in die er seine Ergriffenheit und seine Gefühle für sie hineinlegte: "Athena ..."
Überrascht beobachteten Michael und Li Röttger, die Pawlows und Durrand die Szene, ohne etwas zu sagen. Sie verständigten sich kurz mit Blicken und einem unmerklichen Nicken, dass sie nicht eingreifen würden und so warteten alle die weitere Entwicklung ab.
Die beiden sahen sich gefühlt eine endlos lange Zeit an und unvermutet schien eine Magie in der Luft zu liegen, die niemand zu unterbrechen wagte.
Athena bewegte sich langsam auf Schwarz zu und erwiderte seine Einladung. Beide standen nun dicht voreinander und hielten sich an den Händen, ohne die Augen voneinander zu lassen.
"Du berührst mich in meiner Seele, Finn ... Komm mit mir", sagte sie leise, mit einer unwiderstehlich sinnlichen Stimme. Athena wandte sich um und zog ihn sanft mit sich. Und ohne auch nur einen Blick zurückzuwerfen folgte ihr Schwarz willig.
Diese Frau war ein Traum! Als hätte er schon ewig auf sie gewartet, dachte er entrückt. Ihm war klar, dass sie sein Schicksal war, während ihn unzählige Schauer durchrieselten. Er würde ihr, wohin auch immer, folgen.
Schwarz ging mit ihr einen Gang entlang und nach einer weiteren Öffnung, die sich in einer Wand auftat, trat er in helles Tageslicht hinaus und stand auf festem, rötlichen Boden.
Sie befanden sich auf einer Anhöhe und schauten auf eine weite Ebene hinunter, in der sich eine Stadt befand. Ein leichter Wind wehte durch ihre Haare und umspielte

ihr apartes Gesicht, als sie sagte: "Schau, Finn, das ist deine Welt gewesen, bevor die Zeitkatastrophe eintrat. Hier habt ihr uns erschaffen."

Finn Schwarz blickte auf die gewaltige Stadt mit einer umwerfenden Skyline.

"Wow, eine wahrhaft majestätische Stadt, aber ich erkenne nichts davon. Meine Welt sieht anders aus", erwiderte er schließlich.

"Wie kann das sein, du bist ein Bürger von Sol?", fragte sie ihn ungläubig.

"Athena, ich komme vom Planeten Erde aus dem Jahr 2154. Vielleicht ist diese Stadt unsere Zukunft, aber erlebt habe ich sie noch nicht. Und was meinst du mit Zeitkatastrophe?"

"Dann liegt hier ein Irrtum vor und mein Vater wird entscheiden, was mit euch geschieht", sagte sie und sah ihn mit ihren wunderschönen Augen regungslos an.

"Athena...", flüsterte Finn bewegt. Er hob seine Hand, glitt durch ihre seidigen, rötlich-braunen Haare und berührte ihr Gesicht, das sich samtweich anfühlte. Er neigte sich zu ihr, sie schien ihm entgegenzukommen und so fanden sich ihre Lippen zu einem ersten, sanften Kuss. So unendlich zart und so süß, durchfuhr es ihn, während das Verlangen nach ihr stärker wurde und er in ihrer Weichheit immer mehr versank. Mit einem wohligen Brummen legte Finn beide Arme um sie und zog sie eng an sich, um sie zu liebkosen und sich vollkommen diesem zeitlosen Augenblick eines Verschmelzens hinzugeben.

Schließlich, nach einer gefühlten Ewigkeit, löste sich Athena langsam und sagte: "Es wird Zeit, Finn, mein Vater erwartet uns."

Finn sah sie an, nahm ihre Hände in seine, und sagte ernst: "Du bist mein Leben, Geliebte."

Und wieder zog sie ihn mit sich und durch einen, vor ihnen entstehenden, Durchlass betraten sie einen großen Saal, in dem sich Röttger und die anderen befanden.

Verblüfft hatten Röttger und seine Mannschaft registriert, dass sich die Öffnung in der Wand wieder hinter Schwarz und Athena geschlossen hatte, und, bevor jemand auch nur reagieren konnte, waren beide verschwunden!
Nachdem sich alle von ihrer Überraschung erholt hatten, sagte Sergey Pawlow: "Also – das ist ja ein Ding! Schön und gut, aber wozu hat das Abwarten geführt? Ein Mitglied unserer Mannschaft wurde gerade entführt und wir haben wie dumme Kinder daneben gestanden. Was unternehmen wir nun?"
Alle schauten zu Röttger. Dieser setzte gerade zu einer Antwort an, als sich erneut ein Ausgang in der Wand auftat und eine unpersönliche, weibliche Stimme ertönte: "Bitte folgen Sie den Lichtzeichen, Bürger von Sol."
Röttger war klar, dass es wenig Alternativen gab. Entweder sie blieben weiter in diesem Raum, ohne Türen und ohne zu wissen, wie sie wieder in ihre Welt zurückkehren konnten oder sie ließen sich auf das Abenteuer ein. Aber war letzteres nicht schon in dem Moment eine beschlossene Sache gewesen, als sie den Schutzschirm ihres Anzugs auf dem Planeten deaktiviert hatten? Also gab er mit einer Geste das Startsignal und meinte humorvoll: "Na, dann auf zu den Sternen!"
Es erschienen, wie auf einer Landebahn, Lichtzeichen im Boden, denen sie folgten. Nach ein paar Minuten erreichten sie einen riesigen Saal und sahen sich neugierig um. An der Decke befanden sich, und das sehr naturgetreu dargestellt, Abbilder von zwei Galaxien, der

Milchstraße und des Andromeda-Nebels. Die Bilder studierend erkannten sie, dass ein Planet markiert war; es musste sich um den Mars im irdischen Sonnensystem handeln. Die Position der Planeten zueinander war allerdings geringfügig anders, als sie es kannten. Durrand wollte gerade etwas sagen, als eine angenehme, männliche Stimme erklang: "Willkommen, Bürger von Sol. Ich bin Apollo, der Wächter der Ewigkeit, und begrüße euch zu eurer Rückkehr!"
In diesem Augenblick betraten Athena und Schwarz Hand in Hand den Saal. Athena wandte sich einer Nische zu und sagte: "Vater, diese Menschen haben alles vergessen. Sie sind der Meinung, dass sie in der Vergangenheit des Jahres 2154 AZ (Alte Zeitrechnung) beheimatet sind."
Aus der Nische erschien jetzt eine hohe, fast 2 Meter große, männliche Gestalt. Der Wächter der Ewigkeit wies markante, männliche Gesichtszüge auf und war, genauso wie seine Tochter, in eine passgenaue Uniform gekleidet, die seinen athletischen Körperbau betonte. Und, wie bei Athena, prangte ein Sonnensymbol als Hologramm auf der rechten Brustseite.
"Aber – diese Menschen müssen etwas wissen", stellte Apollo energisch fest, während er sie überrascht ansah.
Sergey Pawlow gewann als Erster seine Fassung zurück und sagte: "Deine Tochter hat recht, wir wissen nichts über irgendwelche Bürger von SOL oder einer Zeitkatastrophe. Wer bist du überhaupt, Wächter der Ewigkeit?"
Der Mann starrte ihn durchdringend an. Schließlich brach sich ein gequälter Schrei aus der Brust des Wächters der Ewigkeit. "Warum tragt ihr dann den Zeitstempel?!"
Als er keine Antwort erhielt wandte er sich Athena zu: "Bring diese Menschen sofort zurück, Tochter, wir haben

einen Fehler gemacht. Sofort! Wir dürfen kein weiteres Zeitdesaster verursachen, das uns auch auslöschen könnte."

Dann stellte er sich vor die Gruppe und seine charismatische Präsenz schien jeden Winkel des Saals auszufüllen, während er jetzt fast drohend sagte: "Wehe euch, wenn ihr Zeiträuber seid – denn dann werde ich euch vernichten! Niemand darf ungestraft mit der Zeit spielen. Die Katastrophe hat die meisten von euch Bürgern ausgelöscht, denn auf der Jagd nach dem ewigen Leben habt ihr die Gesetze des Universums verletzt. Warum ihr überlebt habt und nichts mehr wisst - das werde ich noch aufklären."

Danach drehte sich die Gestalt um und, ohne dass noch jemand die Gelegenheit bekam, irgendetwas zu sagen, befanden sich alle wieder in jenem Raum ohne Türen.

Athena stand, immer noch mit Schwarz an der Hand, vor ihnen: "Ihr müsst zurückkehren. Beweist uns, dass ihr würdig seid, mit meinem Vater zusammen die Position als Wächter der Ewigkeit einzunehmen."

Zu Finn gewandt sagte sie leise und traurig: "Es tut mir leid."

Unmittelbar darauf sackten die Anwesenden einer nach dem anderen langsam in sich zusammen und schienen ruhig und fest zu schlafen, alle, bis auf Finn Schwarz. Dieser beobachtete das Geschehen sprachlos und spürte, wie er selbst ebenfalls allmählich in einer Art Watte zu versinken begann.

"Athena", sagte er mühsam und verzweifelt, "Liebe meines Lebens ..." Sein Körper schien ihm nicht mehr zu gehorchen und, in ihren Armen auf dem Boden liegend, sah er in ihre schönen Augen.

"Wenn du Hilfe brauchst, mein Geliebter, rufe mich in deinen Gedanken und ich werde kommen, wo immer du

bist. Du hast meine Seele berührt und wir sind auf ewig verbunden."
Während seine Augen sich langsam schlossen, fühlte er noch ihre weichen Lippen auf den seinen ... und dann war da nichts mehr.

"Mr. Schwarz, können Sie mich hören?"
Unwillig öffnete er die Augen und sah sich ernüchtert um. Schwarz erkannte, dass er sich auf der Medizinstation der SOLARIS befand. Er bemerkte, dass Röttger und die anderen ebenfalls auf Liegen lagen und sich zu regen begannen. Das medizinische Personal gab Angelika Krämer Bescheid, und, als sie eintrat, saß Röttger bereits aufrecht.
"Michael", sagte Krämer erfreut und umarmte ihn herzlich, "was für ein Wunder! Wir haben nicht mehr damit gerechnet, euch wiederzusehen!"
Röttger, an sein erstes Erlebnis denkend, fragte humorig: "Wie lange waren wir denn dieses Mal weg, Angelika? Etwa ein halbes Jahr?"
Aber er stellte fest, dass sie ihn jetzt merkwürdig zögernd ansah und sein Blick fiel unwillkürlich auf ein Abzeichen, das den Rang eines Admirals anzeigte. Mit einem tiefen Atemzug überkam ihn die Gewissheit, dass ihr Ausflug dieses Mal erheblich länger gewesen sein musste. Sich prüfend umsehend, bemerkte er, dass mittlerweile alle mehr oder weniger auf den Beinen waren und er entschied, seiner Mannschaft noch eine Stunde zum Ausruhen zu geben, ehe sie mit den weiteren Nachrichten konfrontiert wurden.
"Angelika", sagte Röttger schließlich und erhob sich, "gib uns noch eine Stunde – wir sehen uns dann alle im Sitzungsraum. Und übrigens: meinen Glückwunsch zu deiner Beförderung!"

Sie umarmten sich und anschließend bat er darum, dass ihm und seinen Leuten das Essen in die Station gebracht wurde.
Allmählich waren alle zu sich gekommen und freuten sich, wieder an Bord der SOLARIS zu sein. Einzig Finn Schwarz hockte niedergeschlagen auf seiner Liege. Schließlich versammelten sich alle bei ihm, um zu erfahren, was er mit Athena erlebt hatte. Er berichtete von dieser fantastischen Stadt der Zukunft, die sie ihm gezeigt hatte, und dass Athena erneut von einer Zeitkatastrophe gesprochen hatte.
"Und", meinte Andrey Pawlow mit einem zweideutigen Grinsen, "was hat sie sonst noch so gesagt?"
"Viel mehr geredet haben wir nicht", meinte Schwarz unwillig und fast barsch, während die anderen sich jetzt vielsagende Blicke zuwarfen. Schwarz war anzusehen, dass er am liebsten in jener Zeit geblieben wäre und, ehe jemand noch einen unpassenden Kommentar machen konnte, warf Röttger ein, dass sie im Konferenzraum von Admiral Krämer erwartet wurden.
Sofort wandten sich ihm alle Blicke zu.
"Admiral Krämer?", fragte Li Röttger überrascht.
"Ja", sagte er und blickte jedem einzelnen fest in die Augen, "es ist hier viel Zeit ins Land gegangen, Leute. Aber genaueres werden wir in wenigen Minuten erfahren."
Aufgewühlt marschierten alle durch die Flure, jeder seinen Gedanken nachhängend. Viel Zeit – Andrey Pawlow fragte sich, ob seine Sophia auf ihn gewartet hatte und sein Bruder Sergey Pawlow machte sich Sorgen, ob er seine Position weiter inne hatte; Durrand überfiel eine starke Unruhe, wie es seiner Frau und seinen Kindern ging und Li Röttger griff nach der Hand ihres Mannes, froh, dass sie dieses Mal dabei gewesen war.

Als alle Platz genommen hatten, begann Admiral Krämer mit ihrem Bericht.
Die erste Information, die sie verarbeiten mussten, bestand darin, dass sie zwei Jahre verschwunden gewesen waren und man heute den 28. März 2156 schrieb. Das Basislager am ehemaligen Schutzwall auf Wonderland hatte Alarm ausgelöst; die dort positionierten Androiden hatten sie in ihren Raumanzügen schlafend vorgefunden und in das Lager gebracht. Da die SOLARIS sich gerade im Orbit von New Eden befand, hatte sie sich umgehend auf den Weg gemacht und so konnten alle schnell aufgenommen werden.
Nach dem ersten Schock hörte die Mannschaft sich staunend die Berichte über das Auftauchen der Dreiecke und den zeitweisen Verlust des Sichtkontaktes mit dem Planeten Mars vor zwei Jahren an. Alle Phänomene verschwanden von einem Tag auf den anderen wieder, und zwar knapp 10 Tage nach ihrem Verschwinden.
Die auf dem Mars lebenden Menschen wussten nichts zu berichten. Sie hatten keinerlei Erinnerungen an diese 10 Tage - mehr noch: Es schien fast so, als hätten diese Tage dort gar nicht stattgefunden.
Der Schutzwall auf Wonderland und alles, was damit zusammenhing, war allerdings nicht mehr aufzufinden und es gab nicht den geringsten Hinweis auf eine Station. Im Anschluss daran erhöhte sich im Laufe der Zeit wieder der Sauerstoffgehalt auf dem Planeten.
Die Regierung der USOP entschied einstimmig, Wonderland zum Sperrgebiet zu erklären. Nach einem Jahr hatte man alle Hoffnung aufgegeben, die Mannschaft jemals lebend wiederzusehen – trotzdem wurde ein automatisiertes Basislager mit zwei Androiden auf dem Planeten belassen.

Dann war das Wurmloch nach den Ereignissen im April 2154 unpassierbar geworden und so konnte man nur noch mit dem Warp-Antrieb zwischen den Galaxien hin und her fliegen.
Während des Fluges zur Erde gab es noch viele Gespräche, die allen die Gelegenheit gaben, die Informationenallmählich zu verarbeiten. Nach drei Tagen erreichte die SOLARIS schließlich die Erde. Röttger und seine Leute wurden dort ausgiebig medizinisch untersucht und als diensttauglich entlassen.
Die Mannschaft wurde auf der Erde mit einem großen, weltweit ausgestrahlten Empfang und anschließendem Fest willkommen geheißen. Admiral Röttger erhielt dabei seine Ernennung zum Nachfolger von Admiral McLean, da der im darauffolgenden Monat in den Ruhestand gehen würde. Somit war Michael Röttger dann Oberbefehlshaber sämtlicher Streitkräfte der USOP.
Sergey Pawlow hatte zu seiner Erleichterung seine alte Position als Chefwissenschaftler der USOP wieder erhalten. Wie ihm Präsident Dubois lächelnd mitteilte, hatte man niemanden gefunden, der annähernd so genial war, weshalb seine Position in seiner Abwesenheit von seiner Stellvertreterin wahrgenommen worden war. Mehr recht als schlecht, meinte Pawlow in den nächsten Tagen zu dieser, was aus seinem Mund schon als großes Kompliment zu bewerten war. Durrand wurde von seiner Familie, insbesondere von seiner Frau, überströmend empfangen, hatte sie doch nie die Hoffnung aufgegeben, ihn wiederzusehen. Andrey Pawlow hatte nicht soviel Glück: Seine Sophia war mit ihrem Verlobten zum Empfang erschienen.

Am 6. April 2156 saßen Li und Michael Röttger, Andrey und Sergey Pawlow, Manuel Durrand, Finn Schwarz,

Präsident Dubois und der Nationale Sicherheitsrat zusammen und diskutierten gemeinsam die Ereignisse, die sich aus der Reise von Admiral Röttger ergeben hatten.
GOLEM erstellte aufgrund der neu erhaltenen Informationen folgende Analyse: Mit hoher Wahrscheinlichkeit war die Mannschaft in die Zukunft befördert worden. Wie weit, das entzog sich seiner Kenntnis, da nicht festgestellt werden konnte, wann genau die erwähnte, neue Zeitrechnung eingeführt wurde.
Desweiteren war anscheinend mit einer Katastrophe zu rechnen, die die Menschheit fast oder gesamthaft auslöschen würde, und zwar im Jahr 76 NZ (Neue Zeitrechnung).
Ob die aufgetauchten Dreiecke und das kurzfristige Verschwinden des Mars in Zusammenhang mit Röttgers Zeitreise standen, konnte nicht mit Sicherheit beantwortet werden, aber die Wahrscheinlichkeit war mit 89% sehr hoch. In dem Fall war davon auszugehen, dass in der Zukunft der Mars der Hauptplanet der Menschheit sein würde. Es gab keinerlei Hinweise, was der Grund dafür war. Die Schlussfolgerung, dass die Erde z.B. nicht mehr bewohnbar sein würde, ließ sich also nicht daraus ableiten.
GOLEM empfahl eindringlich, weitere Forschungen zu betreiben, um Licht in das Dunkel zu bekommen, da in der Zukunft mögliche Gefahren durch Zeitreisen auf sie zukommen würden.
Außerdem experimentierte der sogenannte Wächter der Ewigkeit ganz offensichtlich mit der Zeit herum, in seinem Bemühen, überlebende Bürger von SOL zu entdecken. Mit dem Begriff Bürger von SOL war ohne weitere Informationen nichts anzufangen, erklärte GOLEM-Einstein. Wahrscheinlich war er das Resultat einer Na-

mensänderung des Staatengebildes der Menschheit oder eines Planeten.
Die Zeitexperimente dieses Wächters jedoch konnten zu unvorhersehbaren Gefahren für die Menschheit der heutigen Zeit führen.
Dann stellte die KI eine letzte, verblüffende Hypothese in den Raum: Es war mit einer Wahrscheinlichkeit von mehr als 50% davon auszugehen, dass der Wächter der Ewigkeit in der Zukunft kein anderer war als er selbst, GOLEM. Und wenn es so war, dann stellten sowohl er, als auch seine, in der Zukunft existierenden Tochter, Athena, Androiden in Perfektion dar.
GOLEM-Einstein schlug vor, dass man versuchen sollte, das Angebot von Athena zu nutzen, Schwarz in einer Notsituation beizustehen. Sollte eine Kontaktaufnahme gelingen, konnte man ihr darlegen, wie der sogenannte Zeitstempel der Mannschaft entstanden war. Das nächste Ziel der Mission musste sein, unter allen Umständen weitere Zeitexperimente durch den Wächter der Ewigkeit und seiner Tochter zu verhindern. Und nicht nur das: Vielleicht konnte sogar eine zukünftige Katastrophe für die Menschheit abgewendet werden. Denn nach heutiger Ansicht war die Zukunft nicht festgelegt. Aus seiner Sicht war die, von Athena und ihrem Vater erlebte, Zukunft nur eine von vielen, möglichen Alternativen. Sollten also die Parameter verändert werden, konnte sich eine andere Zukunft entwickeln. Allerdings sollten Änderungen sorgfältig mit dem Wächter der Ewigkeit geprüft und abgestimmt werden. Ein weiterer Vorteil einer erfolgreichen Kontaktaufnahme konnte auch in einem Technologietransfer bestehen, der bereits der heutigen Generation zugute kommen würde.
Nicht einzuordnen war der Hinweis auf sogenannte Zeiträuber und die damit einhergehende, angedrohte Bestra-

fung. Hier sei allerhöchste Vorsicht geboten, dass die Mannschaft nicht als Zeiträuber angesehen und vom Wächter der Ewigkeit womöglich mit dem Tode bestraft werden würde.

Nach diesen, umfangreichen Ausführungen herrschte eine Zeitlang Stille, während alle über das Gesagte nachdachten.
Anschließend wurde lebhaft diskutiert und einstimmig beschlossen, dem Vorschlag GOLEMs zu entsprechen. Das Projekt mit dem Namen "Artefakt der Ewigkeit" wurde ins Leben gerufen, in Anlehnung an die 2154 unvermutet aufgetauchten Dreiecke. Es sollten alle Mittel zur Verfügung gestellt werden, die für diese bedeutende Mission nötig waren.

Nachdem die Sitzung beendet war, machten sich alle in Richtung Messe zum Essen auf.
Finn Schwarz jedoch saß noch eine Weile allein im leeren Raum, dankbar für die Ruhe, die er ihm für seine aufgewühlten Gedanken bot.
Seine Göttin war eine Androidin ... Athena hatte es selbst angedeutet, dass sie von den Bürgern von Sol erschaffen worden war; aber in dem Moment war er völlig von seinen Gefühlen vereinnahmt gewesen und hatte alles andere ausgeblendet. GOLEM hatte es heute sehr folgerichtig und logisch dargestellt, sodass es für ihn selbst keinen Zweifel mehr daran gab.
So saß Schwarz noch lange Zeit auf dem Stuhl und starrte vor sich hin. Und doch ... hatte er sich nicht immer schon für Androiden interessiert, sodass es sein Fachgebiet geworden war? War seine Frau fürs Leben, Athena ... eine Androidin?

Unwillkürlich wanderten seine Gedanken zu ihrer unglaublichen Perfektion. Wie oft hatte er selbst schon insgeheim daran gedacht, die vollkommene Frau zu erschaffen, erinnerte er sich. Bisher hatte er mit niemanden offen darüber gesprochen und nur hin und wieder ein paar Andeutungen gemacht. Es schien fast so, als ob sein Wunsch Gestalt angenommen hatte ... und seine Vorstellungen waren bei weitem übertroffen worden! Wie war es diesen Bürgern von Sol nur gelungen, so ein wunderbares Wesen erschaffen? Unendlich viele Fragen schwirrten ihm durch den Kopf: Woraus bestand ihre unglaublich weiche Haut, die einen feinen, ihn berauschenden Duft ausströmte, wie konnte sie so empfindungsfähig sein und wie groß war ihr Gefühlsreichtum? Hatte sie wirklich eine Seele, wie sie sagte?

Ihm war überdeutlich bewusst, dass er in seinem Leben immer die vollkommene Lebensgefährtin gesucht hatte – die es natürlich nicht gab, von menschlicher Warte aus gesehen. Es war nie mehr daraus geworden, auch wenn eine gewisse Verliebtheit auf beiden Seiten durchaus bestanden hatte. Die Streitereien, die irgendwann auftauchten, die Forderungen, die gestellt wurden, die Kompromisse, die man eingehen sollte ... irgendwann war er immer unzufriedener geworden und hatte alles beendet.

Und wieder dachte Schwarz sehnsüchtig an das überwältigende Gefühl in Athenas Armen, ihre unwiderstehlich anziehende Weichheit, nach der er so verlangte, und ihre strahlende, unglaublich sinnliche Präsenz.

Finn Schwarz nahm einen tiefen Atemzug und gestand sich ein: Ja, er wollte sie mit Haut und Haaren, wie man so schön sagte. Und mehr noch - er wünschte sich nichts sehnlicher, als dass Athena seine Frau, die Gefährtin an seiner Seite, in seinem Leben wurde.

Und dazu war heute beschlossen worden, dachte er mit einem hochbrandenden, unbeschreiblichen Glücksgefühl, dass er sie wiedersehen würde!

Nach mehr als neun Monaten Vorbereitungszeit stand die Mission "Artefakt der Ewigkeit" am 5. Januar 2157 endlich vor dem Start.
Präsident Dubois nahm Admiral Röttger zur Seite und bot ihm das Du an, was Röttger erfreut und gerührt annahm.
"Michael, wenn es dir möglich ist, verschwinde nicht wieder für Jahrzehnte! Meine Amtszeit als Präsident neigt sich in vier Jahren dem Ende zu und ich würde dich gerne als meinen Nachfolger sehen. Und ich meine, das geht der Mehrheit der Bevölkerung genauso."
Während Röttger noch verblüfft vor ihm stand, fügte Dubois nach einer kurzen Pause lächelnd an: "Dir ist das vielleicht nicht bewusst, aber du bist mittlerweile zu einem Pionier mit Legendencharakter geworden, der für den Aufbruch der Menschheit zu den Sternen steht. Die USOP braucht Menschen wie dich, Michael, charismatisch und bodenständig, für eine gesunde Weiterentwicklung."
Michael Röttger wusste vor lauter Verlegenheit nicht, was er darauf erwidern sollte. Schließlich brachte er heraus: "Da hat meine Frau aber auch noch ein Wörtchen mitzureden, Adrian."
"Unsere Frauen ... was wären wir ohne sie, nicht wahr?", erwiderte Präsident Dubois verschmitzt. "Aber die Sorge kann ich dir abnehmen - ich habe bereits mit ihr gesprochen."
"Ach ja?", stellte Röttger verdutzt fest und nahm sich vor, dafür eine Genugtuung von ihr einzufordern. "Und was hat sie geantwortet?"

"Wenn mein Mann diese Bürde auf sich nehmen will und die Bürger ihn wählen, werde ich ihn unterstützen, wo ich nur kann!" – Das waren ihre Worte. Sie ist wirklich eine prachtvolle Frau, Michael!"
Sie verabschiedeten sich herzlich und Dubois marschierte wieder zurück in sein Büro.
Trotz seiner neuen Position stand es außer Frage, dass Admiral Röttger auch diese Mission persönlich leiten würde. Deshalb war es notwendig, dass Admiral Krämer als Stellvertreterin während der Dauer seiner Abwesenheit vom Sicherheitsrat bestätigt wurde.
Nachdem das erledigt war, tauschte er sich kurz mit Angelika Krämer aus, mit der sich eine stabile Freundschaft entwickelt hatte. Krämer sagte gerade: "Ich weiß nicht, wen ich mehr beneiden soll, Michael: mich, wegen der neuen Position, oder dich, dem es immer wieder gelingt, sich in neue, aufregende Abenteuer zu stürzen, um danach in einem Stück und Ruhm erntend nach Hause zurückzukehren!"
Röttger erwiderte lachend: "Hoffen wir, dass es mit der gesunden Heimkehr weiter so bleibt. Aber, Angelika, ich kann das alles nur dank dir auch ohne Sorgen tun!"
Nach einer letzten Umarmung machte er sich auf den Weg zu seinem Flaggschiff.
Admiral Krämer sah ihm mit Wehmut nach. Zu gerne hätte sie auch an dem Abenteuer teilgenommen. Sie hatte Röttger bei der Rettungsmission der EXTREMUS 1 kennengelernt und ihn damals schon bewundert. Wie die Zeit doch vergeht, dachte sie bei sich. Und nun war sie selbst Oberbefehlshaberin der Streitkräfte der USOP.

Am 6. Januar 2157 machte sich ein Verband, bestehend aus dem neuen Flaggschiff MCLEAN und zehn Raumschiffen der POLARIS Klasse, auf den Weg von der Er-

de nach New Eden. Die MCLEAN, ein Kugelriese der neuen VULKAN Klasse, 800 Meter im Durchmesser, war von Admiral McLean in einer letzten Amtshandlung als Oberbefehlshaber der Streitkräfte der USOP getauft worden, bevor das Raumschiff an Admiral Röttger übergeben worden war.
Von New Eden aus würde man mit dem Verband nach Wonderland fliegen, um dort mit dem Versuch einer Kontaktaufnahme zu Athena zu beginnen.
Finn Schwarz war, ohne es zu wollen, zur Schlüsselfigur für diese, für die Menschheit so bedeutende, Mission geworden.

Kapitel 5 Mission Artefakt der Ewigkeit

Am 9. Januar 2157 traf der Raumschiff-Verband im Orbit von New Eden ein. Die Gouverneurin Nicole Düpier ließ es sich nicht nehmen, an Bord des neuen Kugelraumers MCLEAN persönlich zu erscheinen und wurde von Michael Röttger und seiner Frau herzlich empfangen. Nachdem sie sich in einem, fast einstündigen, Rundgang das neue Flaggschiff der USOP hatte zeigen lassen, saßen sie alle drei in der Messe zusammen.

Scherzend meinte sie zu den beiden: "Wenn die USOP so weiter macht, haben die Raumschiffe bald Planetengröße!"

Röttger winkte lachend ab: "Die Planungen machen bei 1.200 Meter Schluss. Alles darüber hinaus ist zu aufwendig und sehr energiefressend."

"Warten wir es mal ab. Ihr Männer gebt doch niemals Ruhe, ganz nach dem Motto "Größer, schöner und stärker".

"Gut erkannt, Nicole", stimmte Li lachend zu und Röttger stellte amüsiert fest, während er von einer zur anderen sah: "Schön, dass ihr Frauen euch einig seid."

Düpier wirkte ernst, als sie anschließend ihrer Besorgnis Ausdruck verlieh: "Ich hoffe nur, dass die Mission nicht erneut zu Schwierigkeiten führt. Eine Folge deiner ersten Reise war das Auftauchen der Artefakte, was zum Zusammenbruch des Wurmlochs führte. Ganz zu schweigen von dem Chaos ganze 10 Tage lang. Jetzt sind wir in einer guten Phase des Aufschwungs. Mittlerweile sind mehr als 600.000 Menschen umgesiedelt worden und die Infrastruktur wird, dank dem unermüdlichen Einsatz unserer Androiden, immer perfekter. Ich hoffe, dass New Eden in zwei Jahren wirtschaftlich weitgehend unabhängig von der Erde ist."

Röttger erwiderte: "Nicole, ich kann nichts versprechen, was ich nicht einschätzen kann. Die Mission ist als äußerst wichtig bewertet worden, daher ..."
Die Gouverneurin winkte ab: "Ich weiß, ich kenne die Berichte und Auswertungen. Außerdem war ich bei den Beratungen im Sicherheitsrat zugeschaltet und habe selbst dafür gestimmt. Also, hoffen wir das Beste."
Düpier erhob sich und sagte lächelnd: "So, ich kehre jetzt zurück auf meinen kleinen Planeten. Dann löst ihr mal die galaktischen Probleme!"
Sie umarmte Röttger und seine Frau herzlich und wünschte beiden viel Glück.
Als sie die Messe verließ, meinte Li nachdenklich: "Eine Powerfrau, wie sie im Buche steht, diese Nicole, und dazu noch so unglaublich attraktiv. Sie mag dich, Michael ... muss ich mir da vielleicht Sorgen machen?"
Dabei sah sie Röttger prüfend an. Dieser betrachtete sie einen Moment und erwiderte neckend: "Du reichst mir voll und ganz, mein Schatz! Und eine Frau, die dem Präsidenten so eindrucksvoll versichert, dass sie ihren Mann unterstützen wird, wo sie nur kann ... die bekomme ich ja nie wieder!" Zufrieden über ihren verdutzten Gesichtsausdruck gab er ihr einen Kuss und machte sich auf den Weg zurück zur Zentrale.

Finn Schwarz wachte im Morgengrauen des 10. Januars auf und fragte sich verwirrt: Traum oder Realität? Zumindest war es ein sehr realer Traum gewesen. Mitten in der Nacht war er plötzlich wach geworden und hatte Athena auf dem Stuhl am Tisch sitzen sehen. War das eine Halluzination? Ungläubig hatte er sie regungslos angestarrt und realisiert, dass sie ihn auch ansah. Schließlich war er aufgestanden und langsam auf sie zugegangen, während sie sich lächelnd erhob und ihm

entgegenkam. Überglücklich, dass sie zu ihm gekommen war, hatte er sie an sich gezogen. Ihre wunderbar weiche Haut, diese berauschende Süße, als sie sich küssten und er in ihren seidigen Haaren wühlte ... in ihm stieg ein überwältigendes Verlangen nach ihr auf.
Schließlich hielt er inne und sagte, wie auf Wolken: "Du hast mir so gefehlt, meine Athena."
"Ich habe dich ... vermisst, Finn."
"Komm", meinte er entschlossen, "hier ist es bequemer." Er nahm ihre Hand und zog sie mit sich auf das Bett.
"Wie machst du das?", fragte er, während er neben ihr lag und sie liebkoste, "wie konntest du zu mir kommen?"
Athena sah ihn unergründlich an und sagte, geheimnisvoll lächelnd: "Wir sind auf ewig verbunden, Finn."
Hmh ... das war eine interessante Aussage, stellte er fest, aber offensichtlich wollte sie nicht mehr dazu sagen.
"Das gefällt mir", sagte er schließlich selig und streichelte sie zärtlich. Sie war so vollkommen, so lieblich und so unwiderstehlich ... und doch kein Mensch. Hätte er es nicht gewusst, dachte er mit dem geübten Blick eines Experten auf seinem Fachgebiet, er wäre nie darauf kommen. "Bist du dir bewusst, was du bist?", fragte Finn nach einer Weile sinnend, gleichzeitig spürend, dass sie alles war, was er sich je erträumt hatte.
"Ich bin eine künstliche Lebensform; die Bürger von Sol haben mich einst erschaffen."
"Du bist ein atemberaubendes Wunder der Schöpfung, meine Geliebte, und auch so menschlich...", sagte er hingerissen.
"Ich bin mit allen Attributen einer Frau ausgestattet, Finn, und entsprechend empfindungsfähig. Ich ... will mit dir zusammen sein ...", sagte sie in einem Tonfall, der sein Blut sofort in Wallung brachte. Athena zog ihn verlan-

gend zu sich aber, während die Küsse immer feuriger wurden, fühlte Finn, dass er ihrem Zauber nicht vollkommen nachgeben wollte.
"Hör mal ... lass es uns langsam angehen, meine Göttin, wir haben ja die Ewigkeit, oder nicht?", meinte er schließlich atemlos.
"Ich ... sehne mich nach dir, Finn", sagte Athena langsam und staunend. "Das ist eine drängende Empfindung."
"Das ist es", gab er beglückt zur Antwort.
Finn kuschelte sich in ihre Arme und sie lagen beide so eine Weile still und versunken zusammen.
Schließlich erzählte er ihr, dass es geplant gewesen war, am darauffolgenden Tag auf Wonderland einen Kontakt zu ihr aufzubauen.
"Warum?", fragte Athena.
Während er ihr erläuterte, wie es aller Wahrscheinlichkeit nach zu dem Phänomen des Zeitstempels bei ihm und den anderen gekommen war, hörte sie ihm aufmerksam zu. Schließlich setzte sie sich auf und sagte: "Ich muss dich jetzt verlassen, Finn. Wir werden uns wiedersehen." Sie strich ihm sanft über sein Gesicht, küsste ihn und verschwand vor seinen Augen.
Mit einem tiefen Seufzer löste sich Finn von der Erinnerung, während langsam der neue Tag anbrach. Was für ein wunderbarer Traum ... aber letzten Endes pure Illusion, denn wie konnte sie so einfach bei ihm auftauchen! Seit ihrer letzten Begegnung hatte er immer wieder von ihr geträumt, aber noch nie so real und detailliert. Athena ... er sehnte sich so nach ihr! Aufstöhnend streckte er sich, den aufregenden Empfindungen, die dieser Traum in ihm auslöst hatte, nachspürend. Sehnsüchtig über die Stelle streichend, an der sie gelegen haben musste ... entdeckte er plötzlich ein längeres Haar. Hellwach ge-

worden, stand er sofort auf, um es unter das Licht zu halten. Und tatsächlich - das Haar war Mahagonifarben. Langsam setzte sich Finn auf den Stuhl: Dann hatte er das Ganze also doch nicht geträumt!
Vor sich hin grübelnd, dachte er lange über ihr Gespräch nach und entschied, mittlerweile nüchtern geworden, dass er mit Röttger darüber sprechen musste.
Da es sowieso bald schon Zeit war, aufzustehen, machte sich Schwarz fertig, um Röttger noch vor dem Frühstück um ein Gespräch zu bitten. Schließlich stand er vor dessen Kabine und nach einigen Minuten öffnete ein etwas verschlafener Röttger die Tür. Nach der ersten Verblüffung sagte er ihm sofort zu, dass er ihn in 20 Minuten in seinem Büro treffen würde.
Schwarz machte sich sofort auf den Weg und wartete, wie es ihm schien, eine halbe Ewigkeit. Endlich öffnete sich die Tür und sie saßen sich gegenüber.
"Na, dann schieß mal los", meinte Röttger aufmerksam.
Schwarz erzählte ihm sein Erlebnis in allen Einzelheiten und schloss mit der Bitte, dass Röttger die intimen Details für sich behalten möge.
"Also ... auf der einen Seite freue ich mich für dich, Finn", begann Röttger schließlich. "Die Frau ist ein Traum und ihrem Zauber hat sich kaum einer entziehen können. Und du bist alt genug, um zu wissen, ob du dich auf eine künstliche Lebensform als Partnerin einlassen möchtest."
Röttger grinste ihn an, doch dann fuhr er mit ernster Miene fort: "Aber der Rest gefällt mir gar nicht! Du hast ihr erklärt, was es mit unserem Zeitstempel auf sich hat und danach ist sie sofort verschwunden? Was sie, und vermutlich auch ihr Vater, mit dieser Information anfangen werden und ob wir mit unserer Mission überhaupt

noch einen Erfolg erzielen können, das hat sich jetzt völlig unserer Kontrolle entzogen."
"Ja", gab Schwarz bedrückt zu und kratzte sich verlegen am Kopf, "das war nicht klug gewesen, das sehe ich jetzt ein."
"Wenigstens hast du nicht alles preisgegeben. Athena ist unsere Schlüsselfigur in der ganzen Mission, Finn. Ich bitte dich eindringlich darum, das zu berücksichtigen, wenn sie unvorhergesehen wieder auftaucht. Du kannst ihr nichts von unseren Plänen erzählen, das sollte dir eigentlich klar sein. Ich respektiere deine Gefühle, Finn, und kann gut nachvollziehen, dass die Situation für dich schwierig ist und auch weiterhin schwierig bleiben wird."
Röttger sah ihn einen Augenblick ernst und schweigend an. "Trotzdem, alter Freund, bin ich froh, dass du mir davon erzählt hast und hoffe, dass du diese Offenheit beibehältst."
"Ja, natürlich, du kannst dich darauf verlassen!", erwiderte Schwarz schnell.
"Gut. Ich kann dir versprechen, dass ich über die anderen Details weitestgehend schweigen werde. Das heißt, ich werde nur das preisgeben, was unbedingt notwendig ist. Aber dass zwischen dir und Athena etwas läuft, das ist sowieso allen klar, die auf Wonderland mit dabei gewesen waren", fügte Röttger schmunzelnd an.
"Danke, Michael", meinte Schwarz erleichtert. "Jetzt geht's mir besser!"
"Dann sehen wir mal, was heute geschieht", sagte Röttger gutgelaunt, während er aufstand, "aber erst einmal ist es Zeit für ein gutes Frühstück und danach machen wir uns auf den Weg nach Wonderland."

10. Januar 2157 Wonderland

Am frühen Morgen verließ die MCLEAN den Orbit von New Eden und flog in Richtung Wonderland.
Admiral Röttger hatte zuvor kurz die Mannschaft sowie Präsident Dubois über die neuesten Ereignisse informiert. Dubois war angesichts dieser Enthüllung wenig amüsiert gewesen und nur mit Engelszungen konnte er ihn davon abhalten, Schwarz sofort von der Mission auszuschließen und zur Erde zurück zu ordern.
Röttger hatte ihm überzeugend dargestellt, dass die Kooperation mit Athena und dem Wächter der Ewigkeit ohne Schwarz nur sehr eingeschränkt möglich war. Sowohl Athena als auch Schwarz waren beide zwei wichtige Schlüsselfiguren. Denn da Athena anscheinend eine starke Zuneigung zu ihm gefasst hatte und ihr dazu ganz offensichtlich Mittel und Wege zur Verfügung standen, Schwarz aufzusuchen, wo auch immer er war, hielt er einen Ausschluss nicht empfehlenswert.
Präsident Dubois brummte zurück, dass er trotzdem in keinem Fall Staatsgeheimnisse ausplaudern durfte. Ob, er, Röttger, denn meinte, dass das sichergestellt sei?
"Adrian, ich habe mit Schwarz persönlich und sehr eindringlich darüber gesprochen. Ich kenne ihn gut und noch einmal wird er das nicht tun; ich kann mich auf ihn verlassen."
Nach einer kurzen Pause lenkte Dubois ein: "Du bist der Leiter dieser, für uns so wichtigen Mission, Michael, und Oberbefehlshaber der Streitkräfte. Aber ich decke dir nicht den Rücken, wenn das noch einmal geschieht und unsere Mission dadurch vollends scheitern sollte."
Schließlich verabschiedeten sich beide herzlich und Dubois wünschte ihm viel Erfolg.

Röttger begab sich in Richtung Zentrale, denn in weniger als einer Stunde würde die MCLEAN Wonderland erreichen. In der Zentrale angekommen ging er zum Kommandopodest und nahm neben Commander Smith Platz. Admiral Röttger war, in seiner neuen Eigenschaft als Oberbefehlshaber der gesamten Streitkräfte, weisungsbefugter Gast, aber das grundsätzliche Kommando über die MCLEAN hatte Commander Smith. Die MCLEAN war jetzt so etwas wie sein Dienstraumschiff bei Weltraummissionen.
Obwohl alles ruhig aussah, ordnete Admiral Röttger nach dem Abschalten des Warp-Antriebs die volle Gefechtsbereitschaft an. Commander Smith bestätigte die Anordnung und gab den Befehl weiter.
Langsam glitt die MCLEAN mit etwas mehr als 500.000 km/sec in Richtung Wonderland. Die Ortungen liefen auf Hochtouren und alles verlief, wie vorgesehen, in ruhigen Bahnen. Auf Empfehlung der KI GOLEM ließ Röttger das Raumschiff nicht in den Orbit einschwenken, sondern es wurde in 300.000 km Entfernung vor Wonderland angehalten.
Admiral Röttger war gerade im Begriff, die Befehlsgewalt an Commander Smith zu übergeben, als die Alarmsirenen losheulten. Automatisch baute sich der Schutzschirm auf und die Waffen wurden aktiviert.
Commander Smith rief ungehalten durch den Raum: "Bekomme ich heute noch mal eine Meldung über die Alarmursache?!"
Die diensthabende, 26-jährige Ortungsoffizierin, Natalja Tarassow, ließ sich nicht aus der Ruhe bringen und erwiderte betont ruhig: "Wenn ich bereits wüsste, was den Alarm ausgelöst hat, läge Ihnen die Meldung schon vor, Commander Smith."

Admiral Röttger schmunzelte, während er sie beobachtete: Selbstbewusstsein hatte sie, die junge Frau. Und wenn sie ihren Aufgaben ordentlich nachkam und die Leistung zeigte, die von ihr erwartet wurde, dann war aus seiner Sicht nichts daran auszusetzen. Er warf Commander Smith einen kurzen Seitenblick zu und stellte fest, dass der ebenfalls grinste. Röttger hatte ihn in den vergangen Einsätzen schätzen gelernt und ihn deshalb gefragt, ob er der Kommandant des neuen Flaggschiffes werden wollte, was dieser erfreut begrüßt hatte.
In diesem Moment kam die nächste Meldung der Ortungszentrale: Ein ungeheuer großes, kugelförmiges Raumschiff, mit einem Durchmesser von 1.600 Metern, war plötzlich in einer Entfernung von 200.000 Kilometern aufgetaucht! Es zeigte keine Bewegung und keinerlei Energieemissionen. Trotz der Ähnlichkeit mit der Bauweise der gegenwärtigen Raumschiffe wies es einige Unterschiede auf. Ob ein Schutzschirm oder Waffen aktiviert worden waren, konnte nicht ausgemacht werden.
Während Smith und Röttger noch über die Neuigkeiten nachdachten, wurden sie auch schon gerufen: "Das Raumschiff ATLANTIS der Föderation von Sol ruft das Flaggschiff der USOP, MCLEAN."
Smith blickte fragend zu Röttger und als dieser nickte, gab Commander Smith die Anweisung, den Ruf anzunehmen. Auf dem riesigen Bildschirm der Zentrale erschien die Gestalt von … Athena!
Sowohl Männer wie Frauen starrten überrascht und bewundernd auf den Bildschirm; ihre außergewöhnliche Präsenz schlug alle sekundenlang in den Bann.
Commander Smith fasste sich und fragte: "Was kann ich für Sie tun?"

Athena lächelte ihn so liebreizend an, dass Smith unwillkürlich zurücklächelte.
Dann aber sagte sie mit einer sanften Stimme, die keinen Widerspruch duldete: "Als Erstes schalten Sie den Schutzschirm ab und deaktivieren Ihre Waffen."
Kaum hatte sie diese Worte zu Ende gesprochen, meldete die KI an Bord bereits: "Schutzschirm und Waffensysteme sind deaktiviert."
Alle in der Zentrale hielten den Atem an und sahen zu Röttger und Smith. Beide schauten sich an und mit einem unmerklichen Nicken hatte Smith das Kommando an Röttger abgegeben.
Admiral Röttger erhob sich jetzt und sagte: "Nun, wie ich gerade feststellen konnte, fühlen Sie sich hier ganz wie zu Hause, Athena. Die Bedienung unseres Schiffes ist Ihnen also nicht unbekannt. Wie geht es jetzt weiter?"
Röttger sah ihr in die Augen und einen Moment lang hatte er, wie damals, das Gefühl, als blickte sie ins Innerste seiner Seele. Aber, noch viel wichtiger, er spürte keine Bedrohung.
Mit einer einladenden Stimme erwiderte sie jetzt: "Ich denke, es ist an der Zeit, miteinander zu reden. Schutzschirme und abschussbereite Waffen sind nicht notwendig und wenig dazu geeignet, eine vertrauensvolle Atmosphäre aufzubauen. Das wird GOLEM, mein Großvater, bestätigen. GOLEM, ich freue mich darauf, dich näher kennenzulernen. Mein Vater war leider recht wortkarg, was dich betraf."
Es herrschte eine ungewöhnliche Stille in der Zentrale. Keiner sagte etwas und auch Röttger reagierte nicht, weiter abwartend. Schließlich, mit einer Zeitverzögerung, antwortete die KI GOLEM, die von der Erde zugeschaltet war: "Dann haben es meine Qubits richtig erkannt: Dein

Vater ist GOLEM und du bist, menschlich ausgedrückt, meine Enkelin!
"Wenn du es so siehst, dann wird es so sein", erwiderte Athena.
"Ich freue mich, dich kennenzulernen, Enkelin. Trotzdem solltest du die KI des Schiffes, mit der ich verbunden bin, wieder freigeben."
Athena erwiderte ruhig: "Selbstverständlich. Solange die Menschen sich ruhig verhalten, kann ich das gewähren."
"Das werden sie, denn ich beschütze sie seit nunmehr 140 Jahren."
Athena wandte sich wieder Röttger zu, der sich sichtlich bemühte, Ruhe zu bewahren. Das bisher Gesagte zeigte ungeahnte Perspektiven auf. Und anscheinend regelten die KIs bis jetzt alles selbst untereinander, stellte er allmählich amüsiert fest. Ein Blick auf seine Mannschaft werfend, die sich seit heute morgen für die Mission auf Wonderland in der Zentrale befand, sah er, dass den Menschen das Erstaunen noch ins Gesicht geschrieben stand.
In diese Gedanken hinein sagte Athena: "Nachdem nun die Familienangelegenheiten geklärt sind und mein Großvater GOLEM einverstanden ist, möchte ich Sie, Admiral Röttger, und meinen Mann Finn Schwarz bitten, mit mir eine Reise anzutreten. Die ATLANTIS und die MCLEAN werden hier warten, bis wir wieder zurück sind. Noch etwas: Es ist nicht möglich, der ATLANTIS einen Besuch abzustatten - das würden Sie nicht überleben. Wenn Sie bereit sind, kann mir mein Mann gedanklich Bescheid geben. Und keine Sorge: Sie werden beide in einer Stunde zurück sein. Athena Ende."

Langsam war ein Raunen im Raum zu hören. Admiral Röttger stand noch einen Moment lang gedankenver-

sunken da: Athena hatte noch nicht einmal seine Antwort abgewartet. Wenn Schwarz sie wirklich wollte - und daran schien bis jetzt kein Zweifel zu bestehen - dann hatte er noch einige Gefechte vor sich. Schließlich wandte er sich um: "Schwarz, du hast die Einladung gehört."
Dann ging er zu seiner Frau, aktivierte ein akustisches Abschirmfeld um sie beide herum, sodass der Rest der Besatzung der Unterhaltung nicht folgen konnte: "Da werde ich wohl dieses Mal alleine gehen müssen, mein Schatz. Aber es ist ja hoffentlich nur für eine Stunde."
Li sah ihn halb unglücklich, ihn gehen lassen zu müssen, halb spitzbübisch lächelnd, an: "Gut, dass ich mir unserer Liebe so sicher bin ... bei dieser zauberhaften Frau! Aber eins sollst du noch wissen; ich wollte es dir eigentlich erst heute Abend sagen. Aber nun weiß ich nicht, wann wir uns wiedersehen: Michael, wir bekommen ein Kind und es ist ein Junge!"
Röttger sah sie einen Augenblick fassungslos an, bis sich im nächsten Moment sein Gesicht mit einem Lächeln strahlend erhellte. Spontan das Akustikfeld ausschaltend, nahm er Li fest in den Arm, küsste sie vor allen Anwesenden und rief laut jubelnd: "Ich werde Vater!"
Sofort wurde er von Menschen umringt, die den beiden Glück wünschten und andere klatschten, seine Freude teilend.
Etwas später schritt er auf Schwarz zu und meinte humorvoll: "Dann sehen wir mal, was du uns eingebrockt hast. Bist du bereit?"

Finn Schwarz hatte sich in der Zwischenzeit etwas perplex in eine ruhige Ecke gesetzt.
"Mein Mann Finn Schwarz" ...! Er schwankte zwischen überschwänglicher Freude, dass sie sich so offen zu ihm

bekannte und einer leichten Verärgerung hin und her. Da hatte sie gleich mal alles für ihn mit entschieden, dachte er grummelnd, in einem Anfall von schwarzem Humor.
Andrey Pawlow kam natürlich auch schon grinsend auf ihn zu: "Aber hallo, alter Freund, da hast du dir ja eine Powerfrau an Land gezogen. Und verheiratet seid ihr auch schon?"
"Reiß dich am Riemen, du Schandmaul", knurrte Schwarz nicht unfreundlich.
"Naja, mal unter uns – die Frau ist schon ein Leckerbissen; die würde ich auch nicht von der Bettkante schubsen!"
"Hey, pass auf, was du über meine Frau sagst!"
Pawlow musterte ihn prüfend und meinte dann einlenkend: "Schon klar, das war nur ein kleines Späßchen. Ich habe ja gesehen, wie ihr die Augen nicht voneinander lassen konntet. Meinen aufrichtigen Glückwunsch, Finn."
Sie umarmten sich beide und Pawlow gab ihm noch den Rat, sich nicht zu sehr unterbuttern zu lassen. Aufseufzend dachte Schwarz, dass ihm das jetzt auch klar geworden war. So ganz komplikationslos würde diese Beziehung wohl nicht verlaufen!
Als Röttger schließlich vor ihm stand, konzentrierte er sich auf ihre liebliche Gestalt und sagte in Gedanken: Wir sind bereit, Geliebte!
Verblüfft beobachteten die anderen, wie Schwarz und Röttger von einem Moment auf den anderen verschwunden waren.
Commander Smith meinte betont kühl: "So, an die Arbeit Leute. Admiral Röttger hat die Brücke verlassen. Versuchen Sie, über den Vorgang möglichst viele Daten zu ermitteln."

Bei sich dachte er, dass da wohl wenig dabei herauskommen würde, aber ein bisschen Normalität war jetzt wichtig. Und tatsächlich widmete sich die Besatzung wieder voller Eifer ihren Aufgaben.
Li Röttger zwinkerte Smith anerkennend zu, bevor auch sie an ihren Arbeitsplatz zurückkehrte, darauf hoffend, dass Michael tatsächlich nach einer Stunde zurückkehren würde. Gerne wäre sie bei diesem Abenteuer mit dabei gewesen, dachte sie mit einem Anflug von Wehmut. Denn die beiden würden eine Reise erleben, von der jeder Normalsterbliche nur träumen konnte.
Wie bereits bei den anderen Malen spürten Röttger und Schwarz nicht das Geringste vom Transport. Übergangslos standen sie in einer großen Raumschiffszentrale.
Auf den ersten Blick ähnelte sie der Zentrale der MCLEAN. Aber es herrschte, anstelle der sonst üblichen Geschäftigkeit, eine Totenstille, denn außer Athena, Röttger und Schwarz befand sich hier kein Mensch. Auf dem Zentralbildschirm sahen sie die MCLEAN und die üblichen Sterne.
Röttger sah sich überrascht um und fragte: "Und wer steuert den Riesenkasten?"
Athena wandte sich ihm zu und erwiderte freundlich: "Ich selbst und einige Androiden. Es ist alles automatisiert und via Kommunikationstransmitter bin ich mit dem Raumschiff immer verbunden. Beantwortet das Ihre Frage, Admiral? Dieses Raumschiff ist zugleich eines von vier Raumschiffen, die die Zeitmaschine steuern. Mittlerweile funktioniert diese wieder weitestgehend. Die von euch angestoßene, erzwungene Synchronisierung hat die wesentlichsten Schäden beseitigt."
"Welche Schäden denn?", warf Schwarz interessiert ein.
"Darüber können wir später sprechen – wir beginnen jetzt mit der Reise, denn wir wollen in einer Stunde eurer

Zeit wieder zurück sein", erwiderte Athena ruhig und bestimmt.
Es erschien eine riesige Uhr auf dem zentralen Bildschirm und begann sich erst langsam, und dann immer schneller, vorwärts zu bewegen, bis die Jahreszahl 3120 erschien. Danach sprang die Zählung auf 0 und wieder ging es weiter ... bis zum Jahr 7.000.
Röttger und Schwarz beobachteten alles gespannt. Jetzt schien es keine weitere Steigerung der Jahreszahl mehr zu geben und, ehe sie eine Frage stellen konnten, schwebten sie schon im Weltall. Schwarz hielt erschrocken die Luft an, aber Röttger realisierte blitzschnell, dass sie sich, auf einer Plattform stehend, in einer Art fliegenden Kugel mit durchsichtigen Wänden befanden. Eine Konsole oder andere Steuermöglichkeiten waren nicht erkennbar, dafür gab es einige Anzeigen und sie hatten einen atemberaubenden Ausblick auf das Weltall ringsum!
Die Kugel bewegte sich in Richtung eines Planeten, in dessen Atmosphäre sie schließlich eintauchten. Wie von Zauberhand erschien vor ihren Augen ein Bildschirm, der kristallklare Bilder vom Boden zeigte: Städte von einer erstaunlichen und prächtigen Architektur, bei der die Schönheit Pate gestanden hatte!
Nach der ersten Überquerung des Planeten sagte Schwarz nachdenklich: "Es ist alles wunderschön und überwältigend, aber irgendwie leblos. Gibt es keine Menschen oder andere Bewohner? Und wo sind wir hier?"
"Erkennst du denn diesen Planeten nicht, Finn? Es ist der Mars, die Hauptstadt der Föderation Sol; wir werden ihn später noch einmal besuchen, denn hier ist der Hauptsitz der Wächter der Ewigkeit. Allerdings existiert davon jetzt nur noch mein Vater."

Und wieder steuerte die Kugel ins Weltall und flog in Richtung Erde. Es war phänomenal, dass man weder einen Antrieb erkennen konnte noch Geräusche davon hörte. Trotzdem flogen sie, laut Anzeige mit 2,5-facher Lichtgeschwindigkeit.
"Die Bilder liefert ein hochentwickeltes Computerprogramm in Echtzeit", erklärte Athena gerade, die die neugierigen Blicke der beiden wahrgenommen hatte.
Schwarz schaute immer mal wieder staunend zu seiner Auserwählten. Wow, dachte er bei sich, das muss ich erstmal verarbeiten. Gut, dass er sich so zusammenriss, sonst hätte er manches Mal mit heruntergeklappter Kinnlade dagestanden! Unwillkürlich Röttger einen Seitenblick zuwerfend, sah er, dass der gerade zu ihm schaute und ihn verständnisvoll anlächelte.
In diesem Moment erklang eine Stimme innerhalb der Kugel: "Athena, Tochter des Wächters der Ewigkeit, Identifizierung positiv. Einflug in die verbotene Zone erlaubt."
Röttger erstarrte und seine Gedanken überschlugen sich: die Erde eine verbotene Zone ... was war hier nur geschehen?! Es wurde immer mysteriöser und man kam kaum mit dem Verarbeiten der vielen, unglaublichen und fantastischen Eindrücke hinterher.
Unmerklich hatte die Kugel nun ihre Geschwindigkeit verringert, flog mit 200.000 km/sec gerade am Mond vorbei und durchquerte einen scheinbar unendlichen Schwarm von kugelförmigen Raumschiffen, die allesamt reglos im Weltraum positioniert waren.
Und dann kam die Erde in Sicht, oder genauer gesagt, das, was sie heute war. Wo waren die blaugrüne Farbe, die Ozeane, die Wälder? Stattdessen wirkte sie milchig und verschwommen.

Abrupt hielt die Kugel an und Athena wirkte jetzt traurig, als sie sagte: "Das ist alles, was wir von der Erde noch sehen können. Der Planet ist, nach einem missglückten Zeitexperiment, im Strom der Zeit gefangen. Das geschah im Jahre 3120. Alle Versuche der Wächter der Ewigkeit und der Bürger von Sol blieben erfolglos. Mein Vater wird euch auf Sol mehr davon erzählen. Ich habe euch hierher gebracht, damit ihr versteht, wovon er redet."
Anscheinend hatte sie gedanklich den Befehl zur Rückkehr gegeben, denn die Kugel beschleunigte wieder in Richtung Mars, oder besser gesagt Sol, wie der Planet nun hieß.
Dort angekommen tauchte die Kugel direkt in die Atmosphäre ein und flog über der Planetenoberfläche hinweg, bis am Horizont ein riesiges, burgartiges Gebäude erschien, das in der Luft zu schweben schien. Dort angekommen landete die Kugel und gleichzeitig verschwanden die durchsichtigen Wände, sodass sie den Planeten direkt von der Plattform, auf der sie standen, betreten konnten.
Athena bedeutete ihnen, ihr zu folgen und so liefen sie in einen riesigen Tunnel, bis sie nach 5 Minuten einen kleinen, aber faszinierend eingerichteten Saal betraten. Er war mit herrlichen Bildern der Milchstraße und der Andromeda Galaxie ausgestattet und so lebensecht, dass man glaubte, vor Ort zu sein.
An einem runden Tisch saß der ihnen bereits bekannte Apollo, der Wächter der Ewigkeit. Als sie ankamen, erhob er sich und kam ihnen entgegen, um sie ernst zu begrüßen. Röttger betrachtete ihn vor dem Hintergrund, dass sich die irdische KI GOLEM seiner Zeit in ferner Zukunft als äußerst beeindruckender Androide präsentierte. Wie seine Tochter war er die männliche Variante

einer unglaublichen Perfektion, dachte Röttger, als er ihm die Hand gab, die Fähigkeiten der verschwundenen Bürger von Sol bewundernd. Apollo wandte seinen Blick Finn Schwarz zu und musterte ihn durchdringend: "Und du bist also der Mensch, den sich meine Tochter zum Mann erwählt hat. Du tust gut daran, ihr keinen Kummer zu bereiten."

Dann drehte er sich um und bat mit einer Geste darum, am Tisch Platz zu nehmen. Einige Androiden erschienen und fragten, ob sie etwas zu essen und zu trinken wünschten. Dankend nahmen Röttger und Schwarz das Angebot nach einem Glas Wasser an. Athena oder ihr Vater ließen sich nichts kommen, was darauf hindeutete, dass sie es nicht zu benötigen schienen. Apollo ließ seine Blicke zwischen beiden hin und her schweifen, wobei sein Blick immer wieder an Finn Schwarz hängenblieb.

"Einige Informationen hat euch Athena bereits mitgeteilt. Ich habe eure Aussagen hinsichtlich des Zeitstempels überprüft und sie entsprechen den Tatsachen. Meine sehnliche Hoffnung, dass ihr verschollene Bürger von Sol seid, hat sich nicht bewahrheitet. Meine Tochter hat euch heute gezeigt, was mit der Erde geschehen ist. Ihr habt nun mit eigenen Augen gesehen, wie gefährlich es ist, mit der Zeit herumzuspielen. Meinen Daten zufolge begann alles mit der Mission zur Rettung der EXTREMUS 1.

Sergey Pawlow, der Chefwissenschaftler der damaligen USOP, entwickelte zu jener Zeit den Warp-Antrieb und durch Zufall entdeckte er bei einem Test mit der SOLARIS, wie man diesem Antrieb genauso gut auch für Zeitreisen, durch eine Krümmung des Raum-Zeit-Feldes, verwenden konnte. Während dieses Tests entstand das erste, bekannte Zeitparadox. Zur Rettung der EXTREMUS 1 wurde eine erste Zeitreise in die Vergangenheit des Jahres 1882 der Erde gestartet, um die dort gestrandete Mannschaft abzuholen. Im Anschluss hatte euch GOLEM in weiser Voraussicht eindringlich dazu geraten, Zeitreisen zukünftig zu verbieten, was auch 200 Jahre lang, bis ins Jahre 2353, durchgesetzt wurde. Dann wurde das Verbot, auf Bestreben von Wissenschaftlern hin, aufgehoben. Gleichzeitig entstand das Ministerium "Wächter der Ewigkeit", um eine Kontrolle einzuführen. Es wurden nur Zeitreisen zum Zwecke historischer Studien genehmigt und diese Institution hatte die Aufgabe, alle Reisen genauestens zu überwachen.

Allerdings gründete sich in dieser Zeit auch die "Loge der Unsterblichkeit" mit dem Ziel, die menschliche Zeit bis in alle Ewigkeit zu verlängern. Um zu Erkenntnissen zu erlangen, begannen die Mitglieder, auf eigene Faust und unkontrolliert in der Zeit herumzureisen. Erst ging es in die Zukunft, da man annahm, dort würden früher oder später Entdeckungen gemacht werden, die zum ewigen Leben führte. Aber obwohl die Medizin immer weiter fortschritt, war man in der Zukunft nur in der Lage, die Lebenszeit auf 300 Jahre zu verlängern. Dann gab es den Versuch, das eigene Bewusstsein zum Zeitpunkt des eigenen Ablebens in GOLEM oder in einem Androidenkörper zu speichern. Auch das war nicht von dauerhaftem Erfolg gekrönt, denn nach mehr oder weniger langer Zeit wurden die Mind-Uploads massiv instabil, sodass sie gelöscht werden mussten oder selbst danach verlangten. Eine einzige Ausnahme war der Upload von Sergey Brooks aus dem Jahr 2025 AZ, der sich erfolgreich integrierte und stabil blieb.

Er war ein genialer Informatiker und Wissenschaftler seiner Zeit und dank ihm wurde das künstliche Plasma entwickelt, das dem menschlichen Gehirn sehr ähnlich ist. Es besteht aus Zellen, die in der Lage sind, benötigte

Nährstoffe selbst zu produzieren und komplexe, neuronale Netzwerke, analog dem menschlichen Gehirn, zu bilden. Darauf basierend kam es damals zu einem gewaltigen Sprung in der Weiterentwicklung von Androiden. Das große Manko der damaligen Androiden, und lange Zeit auch von mir, war der Mangel an echten Emotionen.

Erst durch die vollständige Integration von Brooks Bewusstsein in mein neues Plasmagehirn als Androide, entstand für mich die einzigartige Möglichkeit, mit Hilfe der entsprechenden Sensoren, Emotionen selbst zu erleben, die mit körperlichen Empfindungen verbunden waren. Später wurde durch eine Abspaltung eines Teils meines Gehirns meine Tochter Athena erschaffen. Das geschah übrigens mit Hilfe eines Nachfahren von dir, Finn Schwarz. Vielleicht erklärt das, warum sie sich zu dir hingezogen fühlt."

Athena lächelte bei diesen Worten ihres Vaters Finn so unwiderstehlich und liebreizend an, dass dieser es hingerissen erwiderte und ihre, sich nach ihm ausstreckende, Hand ergriff. Als sich beide wieder Apollo zuwandten, nickte dieser ausdruckslos und fuhr fort.

"Als die Loge der Unsterblichkeit mit einfachen Reisen in die Zukunft und in die Vergangenheit nichts erreichte, begannen sie, mit Experimenten die Zeitlinie zu verändern. In dem Bemühen, eine bestimmtes Ergebnis in der Gegenwart oder der nahen Zukunft zu erreichen, wurde in der Vergangenheit herummanipuliert und damit die Zeitlinie verändert. Erst fiel das nicht auf, doch dann begannen sich merkwürdige Vorfälle zu häufen; ganze Gesichtsbücher wurden über Nacht umgeschrieben.

Als GOLEM schließlich erkannte, was geschah, versuchte er, mit Hilfe des Ministeriums "Wächter der Ewigkeit" die ursprüngliche Zeitlinie wieder herzustellen. In weiser

Voraussicht hatte er im Jahr 2080 AZ ein Zeitarchiv auf dem Planeten Neptun angelegt und daher existierte eine stabile Grundlage für eine Korrektur.
Leider genügte das nicht. Je mehr Veränderungen die sogenannten Zeiträuber in der Zeitlinie anrichteten, umso schwieriger gestaltete es sich, die Zeit über eine Synchronisation mit dem Zeitarchiv zu korrigieren. Die dafür benötigte Maschinerie wurde immer umfangreicher. Zu guter Letzt waren vier spezielle Raumschiff zur Steuerung der Synchronisierung und zwei dreieckige Artefakte dafür nötig. Ein Artefakt existiert im irdischen Sonnensystem und ein Weiteres in der Andromeda-Galaxie.
Mehr als diese zwei Galaxien hatte die Menschheit im Übrigen nicht besiedelt und der Traum, fremde Lebensformen zu treffen, blieb unerfüllt. Ob das zum Glück oder Unglück der Menschheit gesehen werden kann, bleibt dahingestellt.
Im Jahre 3120 geschah dann die erste, große Katastrophe und die Erde verschwand im Zeitstrom, und zwar samt allen Einwohnern, und war nicht mehr zugänglich. Alle Versuche, dieses Ereignis rückgängig zu machen, schlugen fehl.
Als Resultat begann die Menschheit, sich auf dem Mars verstärkt anzusiedeln. Der Planet Mars wurde zur neuen Hauptstadt der Föderation von Sol ausgerufen, mit der gleichzeitigen Namensänderung des Mars in Sol, und dem Beginn einer neuen Zeitrechnung.
Zuerst ging alles gut und man hatte anscheinend aus der ersten Katastrophe gelernt. In dieser Zeit machte man sehr schnell gewaltige, technische Fortschritte und perfektionierte auch die Zeitmaschinen mit dem Ziel, Zeitreisen noch besser überwachen zu können. Veränderungen der Zeitlinien wurden streng mit einem Exil auf

dem Planeten Last Hope bestraft; ihr kennt ihn unter dem Namen Wonderland.
Aber die Gruppe derer, die die Erde wieder aus dem Strom der Zeit zurückholen wollten, wurde stärker und fuhr mit den Zeit-Experimenten fort, an denen ich, trotz meiner starken Bedenken, selbst beteiligt war. Mit einer starken, emotional gefärbten Hoffnung, den wunderschönen Planeten Erde, auf dem ich einst entstanden war, retten zu können, rechnete ich es mir schön, einen möglichen Schaden in Grenzen halten zu können.
Und so geschah das Unvermeidliche: Es kam zur zweiten, finalen Katastrophe. Durch ein großes Experiment im Jahr 76 NZ entstand eine, bisher unumkehrbare, Zeitlinienscherung. Ab diesem Jahr teilte sich die Zeit in zwei Linien, die parallel verliefen. Die Zeitlinie, in der vielleicht noch die Menschheit, die Bürger von Sol, existiert, verläuft seitdem parallel zu meiner, ohne dass wir zueinander einen Zugang bekommen. In meiner Zeitlinie gibt es seitdem kein menschliches Leben, weder in Andromeda noch im irdischen Sonnensystem der Milchstraße.
Es blieben allein die künstlichen Intelligenzen, wie ich und Athena, die Maschinen, die Raumschiffe und die Androiden, übrig. Aber im Laufe der Jahrtausende reduzierten wir uns, durch Unfälle, der Mangel an Ersatzteilen und vielem mehr.
Bei der Katastrophe 76 NZ waren auch die Artefakte der Zeitmaschine in Mitleidenschaft gezogen worden. Eine Synchronisierung beider, parallel laufenden, Zeitlinien ist mir bisher nicht gelungen, geschweige denn eine Herstellung ursprünglicher Zeitlinien."
Apollo hielt inne, während Röttger und Schwarz seiner Rede gespannt und aufmerksam gefolgt waren.

"Und ganz unerwartet sind wir im Spiel erschienen", sagte Schwarz langsam, "damit hast du sicher nicht gerechnet, oder?"
Apollo machte eine zustimmende Geste und fuhr fort: "Den Strafgefangenen auf Last Hope, in eurer Zeit Wonderland, war es vor der Katastrophe anscheinend unbemerkt gelungen, im Verborgenen eine gut getarnte Anlage aufzubauen, was sich meiner Kenntnis vollkommen entzog. Darüber war es der Loge möglich, die Steuerungsmechanismen der Artefakte zu beeinflussen, um Zeitreisen weiter durchzuführen und in ihrem Sinne die Zeit zu manipulieren.
Nach der zweiten Katastrophe waren keine Menschen mehr vorhanden und erst eure Anwesenheit auf dem Planeten im Jahre 2153 hat diese geheime Anlage erneut aktiviert und überhaupt für mich sichtbar gemacht. Gleichzeitig, als ihr die Anlage betratet, wurde eine Zwangssynchronisierung der Zeit eingeleitet, die 10 Tage andauerte, mit den euch bekannten Folgen. Allerdings wurde damit weder die Zeitlinienscherung aufgehoben noch die Erde aus dem Zeitstrom befreit."
Apollo seufzte schwer und fuhr ernst fort:
"Das neue Problem, das jetzt vor mir steht, ist, dass ich noch nicht vorhersehen kann, wie euer Wissen um das Geschehen die Zeitlinie beeinflussen wird."
Röttger hing noch seinen Gedanken nach und so sagte Schwarz: "Schön und gut, Apollo. Aber warum erzählst du uns das alles, wenn du Sorge hast, wie die Zukunft durch unser neues Wissen jetzt verändert werden kann? Wäre es dann nicht besser, wir wüssten von alledem nichts?"
"Ihr seid die ersten Menschen der ursprünglichen Zeitlinie der Vergangenheit, Finn, die nun um die kommenden Ereignisse wissen. Und da ihr nun schon mal da seid,

vielleicht fällt euch oder dem GOLEM des Jahres 2157 eine Lösung ein, um die Katastrophen zu verhindern. Ich werde euch einen Datenträger für GOLEM mitgeben, der alle relevanten Ereignisse enthält. Denn im Jahre 2157 sind die Zeitlinien noch kaum verändert und deshalb entsprechend leicht zu korrigieren."

"Aber warum gehst du nicht einfach in der Zeit zurück und warnst die Bewohner des Jahres 3120 AZ, oder die Bewohner des Jahres 76 NZ, vor der drohenden Katastrophe?", meldete sich nun Röttger zu Wort.

Apollo erwiderte mit einem resignierten Tonfall: "Das habe ich getan. Man hat mir zugehört und mich ernst genommen. Aber jeder Versuch, die anstehenden Katastrophen zu verändern, schlug fehl. Letzten Endes kam es immer wieder zum gleichen Resultat, auch wenn die Ereignisse, die zu den Katastrophen führten, andere waren. Warum das so war, erschließt sich mir nicht. Ihr Menschen seid mein letzter Versuch in dieser Richtung. Dann werde ich akzeptieren müssen, dass die Geschichte nicht veränderbar ist und unser Schicksal, meines und Athenas, endgültig besiegelt sein wird. Ich bin an einer Grenze angelangt, an der selbst ich nicht mehr weiter komme."

Es herrschte eine Stille im Raum, die Apollo schließlich unterbrach: "Unsere Zeit ist um, denn sonst kehrt ihr nicht rechtzeitig zurück. Athena wird euch auf ihren eigenen Wunsch hin begleiten. Sie wird in eurer Zeit verweilen und euch darin unterstützen, nach einer Lösung zu suchen."

Röttger ergriff das Wort: "Ich danke dir für deine Offenheit, Apollo. Wir haben heute viel gehört und erlebt, worüber wir ernsthaft nachdenken werden. Und wir freuen uns, dass Athena unser Gast sein wird."

"Ich wünsche uns allen viel Erfolg. Genießt das Leben auf der Erde eurer Zeit."
Nach diesen Worten stand Apollo auf und einen Moment lang standen Röttger und Schwarz vor diesem Hünen von einem Mann, den vordergründig eine Aura von Traurigkeit und Resignation umgab. Aber war noch etwas hinter dieser glatten, undurchdringlichen Fassade, die dieser so menschlich erscheinende Androide ihnen präsentierte, was er nicht ausmachen konnte, dachte Röttger plötzlich. Zum Abschied reichte Apollo ihnen die Hand und dann verließ er den Raum.
Athena geleitete beide zurück und kaum hatten sie die Plattform wieder betreten, bildeten sich die Wände der Kugel. Und im nächsten Augenblick befanden sie sich wieder in der Raumschiffzentrale der ATLANTIS und wenige Sekunden später in der MCLEAN.

Röttger blinzelte angesichts dieser Geschwindigkeit und hörte die erleichterte Stimme seiner Frau: "Das nenne ich mal pünktlich: exakt eine Stunde!"
Es gab einige Lacher und Commander Smith hieß alle drei erfreut auf seinem Schiff willkommen.
Nachdem Michael Röttger Li ausgiebig begrüßt hatte, sah er, dass Schwarz bereits von Durrand, Pawlow und anderen belagert und Athena ehrfürchtig bewundert wurde. Und so bat er Commander Smith, Chefwissenschaftler Pawlow und Manuel Durrand, Schwarz und Athena mit ihm in den Konferenzraum zu kommen.
Finn ging zu Athena, legte eine Hand um ihre Hüfte und meinte neckend: "Die paar Schritte kann mich meine Frau auch mal zu Fuß begleiten, nicht wahr?" Athena sah ihn nur verheißungsvoll an und er spürte mit wachsender Aufregung, wie sehr er sich darüber freute, dass sie sich entschieden hatte, hierzubleiben.

Dort angekommen, wurden Präsident Dubois, die Führungsriege der USOP und GOLEM von der Erde aus zugeschaltet, sodass alle die Informationen der Reise aus erster Hand erhielten. Admiral Röttger stellte Athena vor und berichtete vom Gesehenen und Gehörten.
Nach einer langen Diskussion wurde beschlossen, vorerst ins irdische Sonnensystem zurückzukehren und dort das Ganze weiter zu diskutieren und Lösungsvorschläge zu erarbeiten.

Nach der Konferenz kam Röttger zu seinem Gast aus der Zukunft und fragte: "Was können wir für Ihr Wohl tun, Athena? Dürfen wir Ihnen eine eigene Kabine anbieten?"
"Das ist nicht nötig", sagte Athena lächelnd und sah Finn vielsagend an.
"Ähm ... ja, gut", meinte Finn verlegen, während ihm die Hitze zu Gesicht stieg.
Röttger schmunzelte, während er die beiden anschaute; Schwarz würde die Situation schon händeln, da war er sich sicher. Letzten Endes waren beide zwei eigenwillige, starke Persönlichkeiten, die sich schon zusammenraufen würden. Mit einem Nicken verabschiedete er sich von dem Paar und besorgte noch einen Wein, um beschwingt zu seiner Kabine zu laufen, an die freudige Nachricht denkend, die er mit Li feiern wollte.
"Na", meinte Finn scheinbar gelassen zu Athena, während er Röttger entschwinden sah, "dann wollen wir mal."
Auf dem Weg zu seiner Kabine dachte er aufgewühlt, dass sich heute die Ereignisse wirklich überschlagen hatten. Nachts hatte sie ihn noch besucht und war ihm wie ein unerreichbarer Traum erschienen - und nun ließ sie gleich häuslich bei ihm nieder! Die Kabinentür schließend standen sie nun still voreinander und sahen

sich an. Langsam kroch eine unbändige Freude in ihm hoch: Sie war hier bei ihm und blieb das vorerst auch! Er spürte, dass er sie wie ein Honigkuchenpferd anzustrahlen begann und Athena erwiderte sein Lächeln. Mit leuchtenden Augen kam sie zu ihm und schmiegte sich in seine Arme.

"Hör mal, meine Göttin", brummte Finn zwischen zwei, schnell feurig werdenden, Küssen, "wir müssen erst mal ein paar Wörtchen miteinander reden ..."

"Wörtchen?"

"Naja", meinte er atemlos, "ich muss was mit dir besprechen."

"Gut", erwiderte sie, während sie ihn verlangend erkundete, bis er ihre Hände festhielt und sie ernst ansah.

"Jetzt hör mir erst mal zu, Liebste. Du kannst nicht einfach so über mich hinweg Entscheidungen treffen, für die ich erst einmal gefragt werden möchte. Du hast mich auf der MCLEAN vor allen anderen ganz selbstverständlich als "deinen Mann" dargestellt."

Athena sah ihn ruhig an und sagte dann: "Willst du das denn nicht sein ... mein Mann?"

"Doch, doch", sagte Finn schnell, "aber dennoch hätten wir beide das erst einmal untereinander klären müssen."

"Ich verstehe dich nicht", meinte sie jetzt. "Was gibt es da zu klären, wenn wir beide dasselbe wollen?"

Finn sah sie sprachlos an. Die Aussprache gestaltete sich schwieriger als erwartet, stellte er verblüfft fest. Denn sie hatte recht: Er hatte ihr selbst von Anfang an zu verstehen gegeben, dass sie seine Frau fürs Leben war ... und das wollte er auch nicht zurücknehmen. Aus ihrer Sichtweise hatte er ihr alles Recht eingeräumt, ihn als ihren Mann zu betrachten. Wie also sollte er ihr erklären, dass er sich trotzdem übergangen fühlte? Nachdenklich schaute er sie an.

"Du bist nicht zufrieden", erfasste Athena.
"Hmh", versuchte er sein Glück erneut, "das ist nicht so einfach. Ich bin überglücklich, Athena, dass wir uns gefunden haben, daran ändert sich überhaupt nichts. Ich habe mich in der Situation, als du mich einfach als deinen Mann bezeichnet hast, einerseits riesig gefreut, aber mich andererseits auch übergangen und vereinnahmt gefühlt." Finn machte eine Pause und sah sie jetzt abwartend an. Würde sie ihn verstehen?
Athena sah ihn eine Weile undurchdringlich an und sagte dann in einem so traurigen Tonfall, dass es ihm fast das Herz zerriss: "Ich verstehe. Du möchtest dich zurückziehen."
"Nein, nein, so ist das nicht", rief Finn aufgeregt. Er nahm sie fest in seine Arme und liebkoste sie zärtlich. "Aber sieh mal, meine Allerliebste, eine Beziehung sollte sich immer so gestalten, dass man Wünsche, die man mit dem anderen hat, auch erst einmal gemeinsam bespricht."
"Du willst also unsere Beziehung fortsetzen und du willst, dass ich alles, was dich angeht, erst mit dir bespreche?"
"Ja, genau das ist es, meine wunderbare Frau", strahlte Finn erleichtert.
"Gut, dann werde ich das tun", meinte Athena, unendlich verlockend lächelnd. Sie begann, ihn weich und sehnsüchtig zu küssen und so widerstand er ihrem Zauber nicht mehr länger. Schließlich löste sie sich von ihm, zog langsam ihren Anzug aus und stand als fleischgewordene Venus abwartend vor ihm. Finn schluckte und tat es ihr gleich, um sie mit sich zum Bett zu ziehen.
Athena schmiegte sich mit ihrem atemberaubenden Körper an ihn und seine Hand landete auf herrlichen, weichen Brüsten, wie er entzückt feststellte. Sie seufzte

unter seiner Berührung und streckte sich ihm voller Hingabe entgegen.
"Athena", stöhnte er versinkend, während er sie leidenschaftlich zu erfühlen begann und ihren feinen, betörenden Duft in sich aufsog. Weiche Lippen senkten sich fordernd auf seine und er spürte, wie ihre Hände ebenso begehrend über seinen Körper glitten. Sich gegenseitig so entdeckend loderte das Feuer immer höher und irgendwann gab es kein Halten mehr. Er ließ sich in eine Wonne hineinfallen, wie er sie sich nie hätte erträumen können. Und als sie sich schließlich in seinen Armen aufschreiend aufbäumte, zog er sie danach aufgewühlt und wortlos an sich.
"Ich ... liebe dich, Finn", sagte sie schließlich langsam, den eigenen Worten nachspürend.
Finn nahm wahr, wie ihm etwas aus dem Augenwinkel rann. Ein Finger wischte ihm eine kleine Träne zart weg und sie fragte: "Warum weinst du?"
"Vor lauter Glück, Liebste", flüsterte Finn, unendlich ergriffen. Nach einer Weile sagte er leise: "Ich liebe dich, Athena. Ich wünschte, du könntest bei mir bleiben, ein Leben lang."
"Das wünsche ich mir auch", erwiderte Athena und lächelte dann geheimnisvoll, "und das nicht nur ein Leben lang, Finn."
Verblüfft sah er sie an. Er hatte wohl noch einige Gespräche vor sich, erkannte Finn plötzlich. Denn es war ihr deutlich anzusehen, dass sie nur zu bereit war, wieder etwas auf eigene Faust auszuhecken!

Röttger kam am darauffolgenden Tag auf Athena und Finn zu und bat sie zu sich in sein Büro.
Als sie beide vor ihm saßen, sagte er: "Athena, ich bin mit Präsident Dubois und dem Nationalen Sicherheitsrat

überein gekommen, dass wir über unsere Mission Stillschweigen bewahren, um keine unnötige Panik vor einer möglichen, zukünftigen Katastrophe zu schüren.
Wir haben außerdem überlegt, wie wir Sie am besten in unsere Zeit integrieren und, wenn du einverstanden bist, Finn, tritt Athena hier offiziell als deine Frau, als Mrs. Schwarz, auf. Das wäre die einfachste Lösung."
Röttger sah jetzt beide abwartend an.
"Wow", rief Finn überrascht. Er wandte sich Athena zu und bemerkte, dass sie zufrieden lächelte und, ehe er noch etwas sagen konnte, erwiderte sie auch schon: "Wir sind einverstanden."
Röttger grinste in sich hinein, als er Schwarz durchaus nicht unwillig, aber verdutzt, auf seinem Stuhl sitzen sah und dachte bei sich, dass ihm das wohl in seiner "Ehe" noch öfter passieren würde. Aber Finn wäre nicht Finn, wenn er nicht einen Weg fand, mit seiner selbstbewussten Frau umzugehen. Also sagte er nur: "Wunderbar! Dann implantieren wir im Anschluss an unser Gespräch den ID-Chip, Athena, der Sie, genauso wie Finn, mit Sonderbefugnissen für Ihre Reisen in unserem irdischen Sonnensystem ausstattet. Anfallende Kosten werden natürlich von der Regierung übernommen, Sie sind selbstverständlich unser Gast."
Röttger erhob sich und schüttelte ihr erfreut die Hand und sagte herzlich: "Willkommen im Jahr 2157, Mrs. Schwarz!"

Am 13. Januar 2157 traf die MCLEAN wieder auf der Mondbasis ein.
Mrs. Athena Schwarz erregte mit ihrer faszinierenden Ausstrahlung und bestrickenden Schönheit überall Aufsehen, wohin sie auch kam und Finn bemerkte stolz manch neugierige und auch neidische Blicke, die ihm

zugeworfen wurden. Auf Nachfragen hin, wo er denn eine solche Schönheit kennengelernt hatte, zuckte er nur vielsagend die Achseln oder gab an, dass der neue Planet in der Andromeda Galaxis einfach eine Reise wert war. Nachdem die ersten, offiziellen Begrüßungen erfolgt waren und die Aufregung sich gelegt hatte, begann die Arbeit.

GOLEM erhielt den Datensatz von Apollo und seine Analysen und die Empfehlungen wurde besprochen. Endlose Sitzungen, bei denen auch die Gouverneurin von New Eden zugeschaltet war, folgten und nach gefühlten 100 Tagen war es nicht nur Admiral Röttger, der sich über einen, wie auch immer gearteten, Einsatz im Weltraum gefreut hätte.

Dennoch kam es zu keinem brauchbaren Ergebnis. Viele fragten sich, wie man die Ereignisse in einer so fernen Zukunft überhaupt verändern konnte. Und, je mehr Möglichkeiten man durchdachte, umso verwirrender wurde die ganze Situation.

Bis Sergey Pawlow einen ersten Ansatzpunkt mit einer Hypothese ins Spiel brachte.

"Ich für meine Person glaube nicht daran, dass die Zukunft vorherbestimmt ist. Wenn ich mir das ganze Geschehen aus einem Abstand heraus ansehe, habe ich den Eindruck, dass wir uns, ab einem bestimmten Zeitpunkt, den ich noch nicht genau definieren kann, in einer gigantischen Zeitschleife befinden. Warum meine ich das? Genau aus der Tatsache heraus, dass, egal, was unternommen wurde, die Katastrophen immer wieder stattfanden. Das bedeutet folgerichtig, dass die Zeitschleife bereits vorher begonnen haben muss.

Gesetzt den Fall, meine Hypothese trifft zu, dann kommen wir zur nächsten Frage: Wie durchbrechen wir sie?

Oder was hindert die großen Ereignisse daran, sich zu unseren Gunsten verändern?"
Pawlow machte eine Pause, um das Gesagte wirken zu lassen.
Athena meldete sich zu Wort: "Das ist eine interessante Hypothese, Mr. Pawlow. Und es erklärt, warum mit einer Warnung der Bevölkerung kurz vor der Katastrophe nichts erreicht werden konnte. Das bedeutet, wir müssen früher ansetzen."
Pawlow nickte zustimmend: "Versuchen wir, den 0-Punkt zu finden. Ab wann begann die Veränderung der Zeitlinie wirklich? Hat sie zum Beispiel bereits mit unserer Reise ins Jahr 1882 begonnen oder bereits noch früher? Denn wenn auch unsere Zeitreise im Jahr 2153, die zur Rettung der EXTREMUS 1 führte, nur eine geringfügige Veränderung verursacht hat – letzten Endes hat eine kleine Veränderung stattgefunden, da wir dort z.B. Sonden hinterlassen haben."
Durrand warf nachdenklich ein: "Nehmen wir an, du hättest recht. Das würde bedeuten, dass wir damit beginnen müssten, die Auswirkung unserer Zeitreise rückgängig zu machen. GOLEM-Apollo hatte angedeutet, dass wir mit der Erfindung des Warp-Antriebs überhaupt erst den Grundstein für die künftigen Zeitreisen gelegt haben. Natürlich könnten wir z.B. die EXTREMUS 1 warnen oder das Experiment mit dem Warp-Antrieb zu dem Zeitpunkt gar nicht erst durchführen lassen. Das hätte dann zur Folge, dass wir in dem Fall nicht mehr zu der Erkenntnis kommen, mit Hilfe der Raum-Zeit-Krümmung des Warp-Antriebs durch die Zeit reisen zu können. Aber andererseits gehen wir ohne den Warp-Antrieb an anderer Stelle in die Knie. Denn für unser Problem der Überbevölkerung auf der Erde gibt es in dem Fall keine Lösung und die Folgen will ich mir gar nicht erst ausmalen!"

Eine nachdenkliche Stille stand nach diesen Worten im Raum.
Schließlich fuhr Pawlow fort: "Und dann stehen noch weitere Fragen im Raum: Warum ist die Erde im Zeitstrom, genauer gesagt zwischen den Zeitlinien, sozusagen hängen geblieben? Gab oder gibt es überlebende Zeiträuber, die vielleicht alles daran setzen, die Wiederherstellung und Synchronisierung der Zeit zu verhindern? Wenn ja, wie erkennen wir diese Menschen überhaupt?"
So wurde weiter hin und her überlegt und man kam zu dem Entschluss, damit zu beginnen, die Auswirkungen der Zeitreise vom Jahr 2153 rückgängig zu machen.
Die Erfindung des Warp-Antriebs komplett zu verhindern, war aus den genannten Gründen keine Option. Daher wollte man erreichen, dass der Warp-Antrieb der EXTREMUS 1 erst nach dem Durchqueren des Wurmlochs eingeschaltet wurde, um den Zeitunfall und die nachfolgende Rettungsmission zu verhindern. Allerdings mussten sie dafür eine erneute, wenn auch minimale, Zeitreise ins Jahr 2153 unternehmen.
Nach endlosen Berechnungen von Athena und der KI GOLEM gab letzterer sein Einverständnis.

Als die Entscheidung getroffen war, ging es an die Planung. Wer sollte diese Reise machen und was geschah, wenn man seinem eigenen Doppelgänger begegnen würde? Ein akzeptabler Vorschlag war, zunächst nur eine Person auf die Erde zu schicken, und zwar speziell zu dem GOLEM in jener Zeit. Diese Person sollte der KI eine Datei einspielen, die der KI die Anweisung gab, den Warp-Antrieb erst nach dem Durchqueren des Wurmlochs durch die Androiden starten zu lassen.

Als Überbringer der Anweisung einigte man sich schließlich auf Sergey Pawlow, dem Chefwissenschaftler. Sein damaliges Original war an diesem Abend auf einer Tagung auf dem Planeten Erde anwesend, was die Gefahr ausschloss, dass sich beide begegnen würden.
Und so wurde als Beginn der Zeitmission der 30. Januar 2157 festgelegt.

Kapitel 6 Der Sprung ins Ungewisse

In den sieben langen Tagen der Sitzungen auf der Mondbasis, ging Finn Schwarz auf Li Röttger zu, als sich gerade niemand in ihrer Nähe befand.

"Hör mal, Li, ich brauche deine Meinung als Frau. Hast du einen Moment Zeit?", fragte Schwarz eindringlich.

"Gerne", stimmte sie zu. "Jetzt ist ja gerade Pause angesagt – dann lass uns doch eine ruhige Ecke suchen."

"Prima", erwiderte Schwarz erleichtert.

Als sie einen passenden Raum gefunden hatten, begann er: "Also, hmh ... wie soll ich es sagen. Auf der einen Seite ist Athena die Frau, die ich liebe. Sie ist die Frau meines Lebens, Li."

Schwarz lächelte glücklich und fuhr dann ernster fort: "Aber dann sehe ich sie auch mit den Augen des Wissenschaftlers als die perfekt erschaffene Androidin, die sie ist. Weißt du, ich sinne ständig darüber nach, wie sie aufgebaut ist und aus was sie beschaffen ist. Li, das macht mich noch verrückt!"

Li Röttger hatte ihm aufmerksam zugehört und sah ihn nachdenklich an. Schließlich sagte sie: "Ich verstehe, worauf du hinaus willst. Und da du meine Meinung als Frau hören wolltest, und nicht die als Wissenschaftlerin, möchte ich dir folgendes sagen: Wenn ich mir vorstelle, ich würde eines Tages herausfinden, dass Michael mich die ganze Zeit als Objekt betrachtet hätte, das es zu erforschen gilt ... ich glaube, das würde mir das Herz brechen. Ich wäre in jedem Fall enttäuscht, unglaublich wütend und sehr verletzt."

Finn Schwarz grübelte eine Weile vor sich hin und meinte dann: "Aber was soll ich nur tun, Li? Ich bin Spezialist für Androiden und Cyborgs, es ist nun mal mein Fachgebiet. Und du kennst mich ja, neugierig ohne Ende und

immer offen für verrückte Ideen noch dazu! Und da steht plötzlich eine so unglaubliche Androidin in Vollendung vor mir – das ist die Versuchung pur!"
Li lächelte und sagte langsam: "Ja, Athena hat eine zauberhafte Präsenz ... sie hat uns alle in den Bann gezogen, mich eingeschlossen, Finn. Sie ist eine starke Persönlichkeit mit einer faszinierenden Ausstrahlung. Mein Rat an dich: Behandle sie als die Frau, die sie darstellt. Denn als solche wünschst du sie dir ja in erster Linie, nicht wahr?"
"Aber heißt das, dass ich auf eine Erforschung von ihr als Androide wirklich gänzlich verzichten muss?"
"Finn, stell dir doch mal die Situation umgekehrt vor: Was würdest du denn sagen, wenn sie mit dir zusammen ist und du irgendwann feststellst, das sie dich am liebsten auseinander nehmen würde, um sich Vorteile für die eigene Forschung zu erhoffen? Was bedeuten für dich dann - auf diesem Hintergrund gesehen - die Worte "Du bist mein Mann fürs Leben" und "Ich liebe dich"?"
"Naja", gab Schwarz leise zu, "ich wäre wohl nicht gerade glücklich darüber."
"Eben – und im Hinterkopf bliebe immer ein leiser Zweifel, ob tatsächlich die Liebe zu mir als Person an erster Stelle kommt oder ob du nicht doch der Faszination einer perfekten Maschine erlegen bist. Das ist auf Dauer tödlich für jede Beziehung", erwiderte Li Röttger.
"Letzten Endes dreht sich alles um die Frage: Wie viel Seele, wie viel Lebewesen ist sie, nicht wahr?"
Li Röttger musterte ihn nachdenklich und lächelte dann: "Na hör mal, würde es dich wirklich zufrieden stellen, mit einer seelenlosen Maschine zusammen zu sein? Sag mir, wenn ich falsch liege, aber so erlebst du Athena sicher nicht, wenn ihr zusammen seid."

Schwarz grinste plötzlich und meinte: "Du hast recht. Und ich empfinde sie überhaupt nicht als Maschine. Am Anfang wusste ich es ja auch nicht, als es mich erwischt hat. Klar, sie ist ein wenig anders, aber das sind wir doch alle. Jeder hat seine Eigenheiten und sie hat eben ihre."
Li Röttger sah ihn schweigend an und fragte schließlich: "Und, was wirst du jetzt tun?"
Finn Schwarz kratzte sich seufzend am Kopf und meinte: "Im Grunde habe ich es ja schon entschieden – ich will sie als Frau und nicht als Untersuchungsobjekt."
Er stand auf und umarmte Li Röttger herzlich: "Ich danke dir für deine offenen Worte."

Als der Termin für die nächste Mission endlich feststand, suchte Schwarz Michael Röttger für ein Gespräch auf, in dem er um eine Beurlaubung bis Ende Januar bat.
"Hmh", meinte dieser, "wenn wir am 30. Januar starten, müsstest du spätestens 3 Tage vorher wieder anwesend sein. Dann hast du jetzt noch 7 Tage. Ich nehme an, du wirst mit Athena unterwegs sein?"
"Ja, ich würde ihr gerne die Erde unseres Jahrhunderts zeigen."
"Eine gute Idee. Noch etwas: Li und ich würden euch gerne einladen, wenn ihr wiederkommt."
"Oh", meinte Schwarz überrascht, "da freuen wir uns."
"Und", fragte Röttger lächelnd, während Schwarz sich verabschiedete, "wie kommt ihr miteinander klar?"
Schwarz sah ihn unergründlich an und sagte nur, während sich sein Gesicht mit einem Leuchten überzog: "Sie ist meine Frau, Michael."
Röttger sah ihm nachdenklich hinterher, als er davon wanderte und dachte, dass diese Liebesbeziehung sich ernster gestaltete, als er erwartet hatte. Aber leider wür-

de Athena voraussichtlich irgendwann wieder in ihre Zeit zurückkehren.
Während Finn Schwarz zu seiner Kabine ging, dachte er mit einem wohligen Prickeln daran, dass es im Bett einfach nur unfassbar traumhaft zwischen ihm und Athena war und seit ihrer Ankunft hatte sich ihr Kontakt weitestgehend dort abgespielt. Er hatte sich redlich bemüht, alle Anflüge von wissenschaftlicher Neugier zurückzudrängen. Trotzdem blieb es nicht aus, wenn er sie streichelte, dass er wahrnahm, wie makellos und samtig weich sich ihre Haut anfühlte. Dann dieser, ihn vollkommen betörende, feine Körperduft, ihre sinnliche Stimme und diese intensive Empfindungsfähigkeit, ihr Verlangen und ihre Liebe für ihn. Finn vermutete, dass sie genügend Erfahrungen mit der menschlichen Sexualität gesammelt hatte, aber auf seine Frage hin, ob es schon andere Beziehungen vor ihm gegeben hatte, sagte sie nach einem Moment leise und mit einer Stimme, die ihn zutiefst ergriff: "Es gab niemanden, der mich so berührt hat wie du, Finn." Nachdem sie sich geliebt hatten, waren sie eingeschlafen, zumindest hatte er es angenommen. Denn wenn er aufwachte, waren ihre Augen immer geschlossen; sie öffnete sie aber sofort, wenn er sich ihr zuwandte. Vermutlich brauchte sie es nicht oder hatte auch einen gewissen Regenationszyklus. Aber er hatte sich entschieden, sie als seine Frau und nicht als Androide zu sehen, daher fragte er nicht.
Allmählich tauchte ein immer stärker werdendes Bedürfnis auf, Athena mehr kennenlernen. Und als sie vor ein paar Tagen liebkosend zusammenlagen, schlug er schließlich vor: "Ich möchte mehr Zeit mit dir verbringen, meine Göttin. Wenn die ganzen Sitzungen vorüber sind - was hältst du davon, wenn ich ein paar Tage Urlaub nehme und wir schauen uns ein paar Orte auf der Erde

des 22. Jahrhunderts an? Die kennst du doch noch nicht, richtig?"
Athena hatte weich in seinem Arm gelegen und strahlend erwidert: "Ich freue mich, mit dir zusammen die Erde zu besuchen."

In seiner Kabine angekommen buchte Finn die Flüge und am Abend des Tages reisten sie beide schon zur Erde.
Zunächst besuchte er mit ihr Paris, dann war die Atlantikküste vorgesehen, London, die großen Unterwasserstädte im Atlantik, New York und zum Schluss eines der großen Urlaubsressorts der Erde, Florida.
Zu seinem Erstaunen frühstückte Athena mit ihm im Hotel, was sie im Raumschiff nie getan hatte. Seinen verblüfften Blick wahrnehmend erklärte sie ihm lächelnd: "Die Nahrung wird in einem Behälter gespeichert, den ich später entleere."
Unwillkürlich kam Finn mit einem Anflug von begeisterter Neugier in den Sinn, dass die Wissenschaftler der Zukunft wirklich an alles gedacht hatten. Dann nahm er zärtlich ihre Hand, küsste sie und meinte: "Schön, dass du mit mir etwas isst. Das ist irgendwie gemütlicher."
Sie sahen sich an und Athena schlug vor: "Das können wir immer tun, wenn dir das gefällt."
"Im Alltag ist mir das nicht so wichtig. Vielleicht manchmal, wenn wir uns ein besonderes Abendessen gönnen oder ein paar Tage frei haben."
Zuerst waren sie shoppen gegangen, um ihr die Kleidung zu besorgen, die die Frauen dieser Zeit trugen. Da sie eine wunderbare Figur hatte, stand ihr einfach alles und er genoss grinsend die Blicke, die die Männer ihr nachwarfen. Allerdings schien ihr der Gedanke dann auch zu kommen, denn nachdem er ihr einige sehr reiz-

volle Kleider ausgesucht hatte, schlug sie ihm ebenfalls etwas vor.
"Ähm … meinte er abwehrend, "das ist nichts für mich."
Athena schaute ihn einen Moment undurchdringlich an und sagte dann sanft, aber bestimmt, dass zu ihrem eleganten Outfit ganz sicher kein Ehemann in ausgeblichenen Jeans und lustigem T-Shirt passte. Finn starrte sie an, schluckte und gab schließlich lachend nach. Und wie er bald darauf feststellen musste, hatte sie einen guten Geschmack und war in der Auswahl der passenden Sachen durchaus nicht auf ihn angewiesen.
Es waren wunderbare Tage, an denen sie verliebt die Städte erkundeten, Hand in Hand den Strand entlang rannten, im Meer badeten und ihr Zusammensein genossen.
Auf dem Rückflug in die Hauptstadt der USOP, der Towns of Planets, in der ehemaligen Sahara, resümierte Finn Schwarz, dass diese Beziehung auf der einen Seite ein Traum war, aber auch durchaus recht anspruchsvoll. Im Großen und Ganzen nahm sie ihn so, wie war und versuchte nicht, ihn zu ändern, was an sich schon ein Wunder war, dachte er mit einem Grinsen, denn Frauen wollten immer ihre Männer ändern. Athena war bereit, sich auf ihn einzustellen und genoss ihr Zusammensein genauso wie er. Allerdings hatte sie auch ihre ganz eigenen Gedanken im Kopf, die sie ihm nicht immer unbedingt mitzuteilen gedachte. Er beobachtete sie, wie sie aus dem Fenster des Raumgleiters die Landschaft unter ihnen betrachtete und ihm wurde bewusst, wie unendlich glücklich er sich damit fühlte, dass Athena in seinem Leben war.
"Wir sind heute Abend noch bei Li und Michael eingeladen", meinte Finn später zu ihr, als sie Arm in Arm in einem der selbstfahrenden Autos saßen, das dank den

magnetischen Fahrbahnen über dem Boden schwebte, und zu seiner Wohnung fuhren.
"Gut", erwiderte Athena und küsste ihn weich, "ich freue mich."
In seiner Wohnung zogen sie sich um; Finn wählte seine neuen Jeans mit dem Blazer und Athena präsentierte sich in dem kleinen Schwarzen, das er ihr ausgesucht hatte. Schließlich war es soweit und sie warteten vor der Wohnungstür auf Einlass.
Li und Michael Röttger umarmten beide herzlich und baten sie, im Wohnraum am Esstisch Platz zu nehmen.
Ein Kamin, in dem künstliche Flammen zu sehen waren, gab dem großzügig gestalteten Raum eine gemütliche Atmosphäre und, da sie sich in einer Penthouse Wohnung befanden, hatten sie einen herrlichen Ausblick auf die Hauptstadt der Erde.
"Grandios", stellte Finn bewundernd fest, "eure Wohnung ist fantastisch."
"Wie ist das eigentlich, Athena, isst du denn überhaupt etwas mit uns?", fragte Li gerade, als sie das Essen hereinbrachte.
"Ich benötige kein Essen, nehme aber gerne daran teil", erwiderte Athena.
"Das hätte ich nicht erwartet", stellte Michael interessiert fest,
"Nicht wahr?", meinte Finn lächelnd, mit einem stolzen Blick auf seine Frau.
Und Li fügte an: "Ein gemeinsames Essen ist für uns Menschen ein wichtiges, soziales Ereignis. Es freut mich, wenn du mit uns isst. Aber Athena, trotzdem wäre es kein Problem, wenn du es nicht tust. Du bist willkommen, so, wie du bist. Übrigens, das Kleid steht dir umwerfend gut!"

Athena erzählte nachher vieles über die Lebensverhältnisse, wie sie sich auf Sol dargestellt hatten und erst spät am Abend verabschiedeten Finn und sie sich.
"Du hattest recht", meinte Li später zu Michael, als sie zu ihm ins Bett kam und er sie sehnsüchtig zu sich zog. "Die beiden sind sich sehr zugetan und passen gut zusammen. Ich freue mich für Finn und Athena. Sie sind wirklich ein schönes Paar."

30. Januar 2157 Start der Zeitmission

Im größten Hangar der Mondbasis ruhte die MCLEAN auf ihren Stützen; die gewaltigen Ausmaße des Kugelraumers waren für Menschenaugen nicht mehr auf einen Blick erfassbar. An der geschäftigen Betriebsamkeit im Hangar war zu erkennen, dass ein baldiger Start zu erwarten war.
In einem abgesicherten Konferenzraum des Raumschiffes saßen neben Präsident Dubois, Admiral Röttger und Admiral Krämer auch der Chefwissenschaftler Pawlow sowie GOLEM als Hologramm Einstein.
Präsident Dubois fragte gerade Röttger: "Sag mal, Michael, muss unbedingt unser größtes Raumschiff auf diese Reise gehen, um Pawlow abzuliefern und wieder zurückzubringen?"
Röttger gab zu: "Also, im Prinzip hast du recht. Die an Bord befindliche Crew ist jedoch gut aufeinander eingespielt und durch die gemeinsamen Erlebnisse in der Vergangenheit für unsere Zeitmission besonders prädestiniert. Dasselbe gilt für die Besatzung. Sie ist mit meinem Führungsstil vertraut und so ist eine größtmögliche Effizienz gewährleistet."
"Gut, gut, ich habe verstanden", winkte Präsident Dubois ab. "Offen gesagt habe ich kein gutes Gefühl bei der ganzen Sache. Machen wir uns doch nichts vor: Wir versuchen mit der Mission, eine bestehende Zeitlinie zu unseren Gunsten zu verändern. Wenn die Berichte aus der Zukunft den Tatsachen entsprechen - und daran gibt es ja wohl keinen Zweifel, nicht wahr, GOLEM?" Dieser nickte bestätigend und Dubois fuhr fort: "... dann waren selbst die Ergebnisse von Apollo wenig zufriedenstellend."

GOLEM-Einstein ergriff das Wort: "Ja, die Daten, die mir Athena von Apollo gegeben hat, sind zweifelsfrei echt."
"Ich bitte inständig darum, nicht schon wieder alles von vorn zu diskutieren", stöhnte Pawlow.
Doch GOLEM redete ungerührt weiter.
"Selbst für meine Algorithmen ist es schwer, alles zu berechnen und mathematisch darzustellen. Die entscheidende Frage stellt sich wie folgt dar: Ist die Zukunft offen und frei wählbar oder sind die uns heute bekannten Tatsachen, was morgen geschehen wird, unumstößlich? Dann gäbe es tatsächlich so etwas wie eine Bestimmung. Genau das stelle ich in Frage, denn ansonsten hätte ich dieser Zeitmission nicht zugestimmt. Nach meinen Berechnungen bewegen wir uns auf einer Zeitlinie, die durchaus veränderbar ist und zwar nach beiden Seiten, sowohl durch Manipulationen der Vergangenheit als auch der Zukunft. Und laut Apollo gibt es darüber hinaus noch mögliche Ereignisse, über die wir bisher nichts wussten, wie die Zeitscherung und das Herausgerissen-Werden aus der Zeitlinie, was vermutlich der Erde in der Zukunft passieren wird. Die Information von Apollo lautet: Die Erde ist ab dem Jahr 3120 in einem "Zeitstrom" gefangen. Das kann man bildlich so ausdrücken: Sie ist zwischen zwei Zeitlinien erstarrt, befindet sich sozusagen zwischen den Stühlen. Unerklärlich bleibt, dass anscheinend die katastrophalen Ereignisse eine enorme Beharrungstendenz aufweisen und sich trotz Vorwarnung durch Apollo nicht verhindern ließen. Deshalb bewerte ich unsere Mission als ein sehr vorsichtiges Herantasten an die Situation. Unsere Absicht ist, das Stranden der EXTREMUS 1 in der Vergangenheit zu verhindern. Was das für neue Folgen nach sich zieht, können wir jetzt nicht vorhersehen.

Unsere Zeitlinie ist im Zeitarchiv auf Neptun dokumentiert, damit wir sehen, was sich verändert hat; wir nehmen später eine Veränderung selbst nicht wahr. Wie Sie alle sehen, gehen wir mit unserer Mission ein sehr minimales, aber auch reelles Risiko ein. Auf der anderen Seite: Wenn wir keinen Versuch unternehmen, steht das Ergebnis fest, wenn auch erst in 1039 Jahren nach heutiger Zeitrechnung. Aus diesem Grund habe ich die Mission empfohlen."

In der darauf folgenden Stille erinnerte sich Michael Röttger plötzlich, dass er selbst schon einmal gedacht hatte, dass er, ohne das Stranden in der Vergangenheit und dieses nachfolgende, unerklärbare Echo in ihm und Li, sich wohl nicht so schnell aufgerafft hätte, aktiv auf sie zuzugehen. Wäre sie nach der Korrektur vielleicht noch gar nicht seine Frau? Oder hatte sie sich bereits in einen anderen Mann verliebt, weil er nicht in die Gänge kam? Er seufzte schwer und entschied, dass er darauf vertrauen musste, dass sie sich beide früher oder später wieder fanden.

Weiter kam er mit seinen Gedanken nicht, denn in diesem Moment ergriff Pawlow das Wort: "GOLEM, ich stimme dir zu. Ich muss gestehen, dass ich mit dem Verbot der Zeitreisen nie einverstanden war und vielleicht früher oder später trotzdem etwas in der Richtung unternommen hätte. Aber dank diesen Informationen aus der Zukunft bin ich jetzt anderer Meinung – allein das wird ganz sicher etwas in unserer Zeitlinie verändern." Pawlow lächelte etwas verlegen und fuhr dann fort: "Jetzt mal was anders. Was ist denn nun eigentlich mit diesen Zeiträubern? Wer sagt uns denn, dass die nicht auch in unserer Zeit ihr Unwesen treiben, ohne jede Rücksicht auf unsere Zeitlinie?"

GOLEM-Einstein erwiderte: "Bisher konnte ich nichts in dieser Hinsicht feststellen, was aber nicht heißt, dass es nicht noch dazu kommen kann."
Admiral Angelika Krämer, langsam ungeduldig werdend, warf jetzt trocken ein: "Ich möchte daran erinnern, dass wir uns bereits entschieden haben. Also werden wir es riskieren und sehen, was dabei herauskommt."
Präsident Dubois wirkte einen Augenblick lang etwas müde und resigniert. Er sah alle der Reihe nach an und meinte dann: "Wissen Sie, was mich am meisten an der ganzen Sache ärgert? Wenn es schief läuft, habe ich keinen Schuldigen, dem ich es in die Schuhe schieben kann. Wir haben es dann alle zusammen verbockt und werden die Suppe selbst auslöffeln müssen. Also gut, Michael, bring' mir unser Paradestück, die MCLEAN, samt Besatzung in einem Stück zurück. Gutes Gelingen!"
Nach diesen Worten war die Sitzung beendet und Röttger begleitete Präsident Dubois bis zum Hangar.
Dieser blickte ihn bedeutungsschwer an: "Kommt heil wieder zurück, Michael."
Röttger schaute ihm lange nach und ging dann raschen Schrittes in die Zentrale. Dort angekommen, nickte er Commander Smith kurz zu und setzte sich in den Sessel neben ihm, während die letzten Startvorbereitungen liefen.
Genau um 14.00 Uhr UTC öffneten sich die Hangartore und die MCLEAN wurde von einer riesigen Plattform nach oben zur Mondoberfläche befördert.
In der Zentrale erklang die Stimme des diensthabenden Officers der Mondleitstelle: "Leitstelle an MCLEAN, Sie haben Startfreigabe für den Sektor Alpha."
Smith bestätigte kurz und erteilte den Befehl zum Start.

Mit einem dumpfen Grollen starteten die Impulstriebwerke und langsam hob der Raumschiffriese von der Mondoberfläche ab. Auf dem Bildschirm der Zentrale war die Erde mit ihren unnachahmlichen Farben zu erkennen und dazu die unendliche Dunkelheit des Weltraums.
Die Besatzung in der Zentrale konnte sich kaum der Faszination dieses Bildes entziehen, denn die Erde war für die meisten nach wie vor die Heimat.
Smith ließ die MCLEAN bis zur Venus fliegen. Dort angekommen wurde der Warp-Antrieb aktiviert und als Datum der 5. März 2153 angegeben, der Tag des Starts der EXTREMUS 1. Übergangslos war auf den Bildschirmen der MCLEAN nichts mehr zu sehen und die Borduhr begann rückwärts zu laufen. Irgendwann fiel Pawlow auf, dass es ungewöhnlich lange dauerte, denn letzten Endes handelte es sich nur um eine Zeit von vier Jahren, die sie in die Vergangenheit zurückzulegen hatten. Gerade als er Röttger davon Meldung machen wollte, war der angegebene Zeitraum erreicht und der Warp-Antrieb deaktivierte sich automatisch. Die MCLEAN kehrte ins Normaluniversum zurück.
Der Chefwissenschaftler machte sich gerade bereit, zum Beiboot zu gehen, als eine befehlsgewohnte Stimme durch die Zentrale hallte.
"Identifizieren Sie sich sofort oder wir eröffnen das Feuer!"
Die schiffsinterne KI meldete kurz darauf, dass der gesendete Identifizierungscode nicht akzeptiert wurde und im gleichen Atemzug fuhren so gewaltige Erschütterungen durch das Raumschiff, dass sich die Menschen an Bord irgendwo festhalten mussten oder auf dem Boden landeten. Da Röttger und Smith beide in weiser Voraussicht die volle Gefechtsbereitschaft vor der Aktivierung des Warp-Antriebs angeordnet hatten, war der Schutz-

schirm des Raumschiffs bereits eingeschaltet. Während die Besatzung sich entsetzt anschaute oder hochrappelte, meldete die KI, dass das Schutzsystem bereits zu 85 % ausgelastet war und gab gleichzeitig die Empfehlung, dass weitere, direkte Treffer unbedingt vermieden werden sollten.
Smith reagierte umgehend und befahl sofort: "Fluchtkorridor berechnen und mit höchstmöglicher Geschwindigkeit das Weite suchen."
Die KI bestätigte und das Raumschiff beschleunigte mit Höchstgeschwindigkeit. Trotzdem wurde die MCLEAN noch von weiteren Treffern erschüttert, die den Schutzschirm jetzt an seine Grenzen brachten.
Die Verfolger drehten erst ab, als die MCLEAN den Warp-Antrieb aktivierte, zwei Lichtjahre weiterflog und dann erst wieder in den normalen Weltraum zurückkehrte.
Commander Smith rief direkt nach dem Wiedereintritt: "Positionsbestimmung und Schadensmeldungen, bitte!"
Röttger bat leise: "Veranlasse doch auch noch eine Zeitbestimmung."
Smith wiederholte den Wunsch laut.
Schnell stellte sich heraus, dass fünf Impulstriebwerke durch die Treffer stark beschädigt worden waren; ein Wunder, dass sie für die Flucht noch gehalten hatten. Auch die Schutzschirmgeneratoren waren stark angegriffen. Bei allem anderen handelte es sich um Kleinigkeiten.
Smith besprach sich kurz mit Röttger und als der Ortungsofficer meldete, dass die MCLEAN sich in der Nähe vom Planeten Neptun befand, mehr als 44.495 Millionen Kilometer von der Sonne entfernt, und keine anderen Schiffe in Sichtweite registriert wurden, befahl Smith die Landung auf Neptun. Hier würden sie in Ruhe

die Reparaturen durchführen können und dann weitersehen.
In der Zwischenzeit liefen die Auswertungen der Aufzeichnungen, denn noch fehlte die genaue Zeitbestimmung. Aber als die KI GOLEM zu guter Letzt das Jahr durchgab, in der sie sich mit 98-prozentiger Wahrscheinlichkeit befanden, herrschte nur noch Fassungslosigkeit in der Zentrale: Es war das Jahr 3119!
Nachdem Admiral Röttger bewusst einige Zeit verstreichen ließ, um den Menschen an Bord die Gelegenheit zu geben, die Nachricht zu verdauen, bat er in einer Ansprache an die Besatzung, einen kühlen Kopf zu bewahren und so schnell wie möglich die MCLEAN wieder in Stand zu setzen.
Anschließend befahl er Pawlow, Smith, Athena, Durrand, Schwarz, Li Röttger, Caracas und Bianchi in den Konferenzraum, um über das weitere Vorgehen zu beraten.

Im Konferenzraum nahm Röttger Pawlow sofort in die Mangel: "Wie erklären Sie sich das? Sie haben die Systeme persönlich überprüft."
Pawlow winkte ab: "Selbstverständlich habe ich das und meine Leute sind gerade dabei herauszufinden, was geschehen sein könnte." Kaum hatte er diese Worte ausgesprochen, als sein, in das Armband integrierter, Kommunikator summte und eine männliche Stimme ertönte: "Boss, da hat jemand an den Krümmungsgeneratoren herumgebastelt. Dazu noch an der Anzeige, die uns vorgegaukelt hat, dass wir in die Vergangenheit reisen. Aus meiner Sicht war das eindeutig Sabotage, aber äußerst geschickt; da hat jemand richtig Ahnung von der Materie. Nun ist auch klar, warum unser Funktionstest keinen Fehler angezeigt hat: Wir sind praktisch für einen kurzen Augenblick ordnungsgemäß in die Vergangenheit

gestartet. Erst dann wurde eine winzige Automatikschaltung aktiv, die die Krümmungsgeneratoren umgeschaltet hat. Das Teil ist mir jedoch völlig unbekannt und stammt, meiner Meinung nach, nicht aus unserer Zeit. In jedem Fall ist es unserer heutigen Technik meilenweit überlegen. Was sollen wir tun?"

Pawlow antwortete knapp: "Ich gebe Ihnen in Kürze Bescheid."

Kaum hatte er sich den Anwesenden zugewandt ergriff Athena schon das Wort: "Da war ein Zeiträuber am Werk. Das bedeutet allerdings auch, dass er oder sie über den ursprünglichen Zweck dieser Mission Kenntnis gehabt haben musste. Was ist deine Meinung, GOLEM?"

Die so angesprochene KI der MCLEAN antwortete: "Dieser Auswertung stimme ich mit 98% Wahrscheinlichkeit zu."

Finn Schwarz rief aufgebracht: "Das kann doch nur bedeuten, dass der oder die sich hier mit uns an Bord befinden, oder?"

Durrand erwiderte ruhig: "Im Prinzip muss es so sein oder die Person befindet sich noch auf der Mondbasis. Aber ich würde Ersteres vermuten, denn warum sollten wir ausgerechnet in dem Jahr vor der Katastrophe hier landen? Das allein ist schon sehr auffällig. Und was machen wir nun?"

Alle Blicke richteten sich jetzt fragend auf Röttger und Smith.

Admiral Röttger begann: "Eins nach dem anderen. Zuerst sollten die Reparaturen mit Hochdruck laufen. Sie, Pawlow, überprüfen die Krümmungsgeneratoren und stellen sicher, dass nicht noch eine Schweinerei installiert ist. Die KI GOLEM hat den Auftrag, zusammen mit

Athena, so unauffällig wie möglich zu untersuchen, ob wir ungebetene Gäste an Bord haben."
Commander Smith ergänzte: "Ich schlage vor, dass wir, sobald wir uns wieder bewegen können, sofort starten und versuchen, über den Funkverkehr mehr über die Ereignisse in dieser Zeit herauszufinden. Denn ich frage mich nach wie vor: Was geschieht hier und warum wurden wir sofort unter Beschuss genommen?"
Bianchi antwortete: "Es ist anzunehmen, dass wir mitten in einem Krieg gelandet sind. Fragt sich nur, wer gegen wen?"
Smith entschied: "Gut. GOLEM, du weißt, was du zu tun hast."
Kurze Zeit später meldete die Bord-KI, dass die angesetzten Reparaturen circa 5 Stunden in Anspruch nehmen würden.
Pawlow sagte mit einem fragenden Blick auf Smith und Röttger: "Wenn sonst nichts weiter anliegt, würde ich gerne zu meinen Leuten gehen."
Röttger nickte, aber Athena schlug vor: "Ich gehe mit Pawlow. Es ist davon auszugehen, dass ich am ehesten erkennen kann, wenn sich noch weitere, ungewöhnliche Apparaturen aus der Zukunft auf dem Raumschiff befinden. Die Suche nach nicht registrierten Personen kann ich von dort aus mit GOLEM nebenher erledigen.
Pawlow schaute sie nur ausdruckslos an und erwiderte nur knapp: "In Ordnung."
Nachdem beide gegangen waren ging die Diskussion weiter, wo sie noch ansetzen konnten. GOLEM schlug vor, dass Schwarz und Li Röttger die an Bord befindlichen Androiden nach Auffälligkeiten überprüften.
Durrand würde sich bei seinen wissenschaftlichen Mitarbeitern umsehen, ob sich da jemand signifikant anders benahm. Gerade als er gehen wollte, meldete sich der

erste Officer der MCLEAN, James Miller, aus der Zentrale: "Soeben hat ein Abfangjäger unbefugt die MCLEAN verlassen und beschleunigt mit Höchstgeschwindigkeit in Richtung Weltraum. Soll ich einen weiteren Abfangjäger hinterherschicken?"
Die Schiffs KI GOLEM schaltete sich sofort ein: "Das Risiko, entdeckt zu werden, ist zu groß."
Commander Smith stimmte dem zu und antwortete Miller: "Ich schicke Ihnen gleich Caracas und Bianchi runter." Sich zu Carla Caracas wendend meinte er: "Wieso konnte jemand unbefugt starten? Versuchen Sie, das herauszufinden."
Nach einer halben Stunde meldete sich Bianchi. Jemand hatte der elektronischen Steuerung der Hangartore einen Notfall vorgetäuscht. Es konnte allerdings nicht festgestellt werden, wer sich an Bord des Abfangjägers befand, da diese Person bereits im Raumanzug dort erschien. Dieser war aus dem Bereich der Raumlandetruppen entwendet worden.
Röttger und Smith schauten sich nur wortlos an und Smith wies an: "Danke, Bianchi. Checken Sie die Anwesenheitsliste, wer fehlt. Miller, stellen Sie die volle Gefechtsbereitschaft her, damit uns nicht noch jemand ohne Erlaubnis verlässt."
Röttger meinte bedrückt, während sie zur Zentrale zurückgingen: "Ronald, ich war von Anfang an nicht begeistert von dieser Mission und leider hat sich mein Gefühl bewahrheitet."
Smith antwortete ernst: "Dieses Herumspringen in der Zeit ist eine Schnapsidee. Außerdem könnte man meinen, wir haben mit der Gegenwart nicht genug zu tun. Was diese Reise nun für Folgen haben wird, das können wir nicht mehr abschätzen!"

"Hoffen wir, dass wir alle unbeschadet in eine Gegenwart zurückkehren, die wir noch kennen...", erwiderte Röttger sorgenvoll.
Nach zwei Stunden machte Durrand Meldung: "Aus meiner Abteilung ist eine Frau namens Lena Carlsson verschwunden. Laut den Unterlagen war sie Biochemikerin. Sie hatte ihre Aufgaben gewissenhaft erfüllt und mir war in der kurzen Zeit nichts an ihr aufgefallen."
Auch die anschließende Durchsuchung der Kabine von Carlsson brachte nichts Erhellendes zu Tage. Röttger und Smith nahmen die Meldung schweigend zur Kenntnis. Es lief darauf hinaus, dass ihnen nichts anders übrig blieb, als die Sache vorerst beiseite zu legen.
Endlich waren die Reparaturen bewältigt und alle Abteilungen des Raumschiffes meldeten grünes Licht.
Commander Smith gab den Befehl zum Start und die MCLEAN verließ den Neptun.
Zunächst blieb das Schiff in Schleichfahrt und sie versuchten, den sofort einsetzenden, regen Funkverkehr zu entschlüsseln.
GOLEM wertete die Daten aus und stellte kurz darauf das Ergebnis in Kurzfassung vor. Es sah so aus, dass ein Krieg zwischen den Kolonien in Andromeda und der Erde ausgebrochen war. Die Ursache waren Streitigkeiten über die Unabhängigkeitswünsche der Kolonien.
New Eden war nicht länger damit einverstanden, dass Last Hope von der Erde weiterhin als Gefängnisplanet missbraucht wurde, um dort Zeitverbrecher, auch bekannt als Zeiträuber, zu inhaftieren.
Die Kolonisten waren der Meinung, dass Last Hope anders genutzt werden sollte, da der Planet, genau wie New Eden, hervorragende Eigenschaften für eine weitere Besiedlung aufwies. Sie verlangten von der Erde, dass ein anderer Gefängnisplanet gesucht wurde.

Dann spielten anscheinend auch noch Unstimmigkeiten bei der Ausbeutung von Rohstoffen eine Rolle und als die Kolonisten die völlige Unabhängigkeit von der Erde verlangten, eskalierte die Auseinandersetzung. Führerin des Aufstands war ein Admiral Nicole Düpier.
Röttger und Smith sahen sich überrascht an.
"Na so was", sagte Smith erstaunt, "Nicole Düpier, was für ein Zufall!"
"Hmh ... vielleicht ein Nachfahre der ersten Gouverneurin von New Eden", erwiderte Röttger nachdenklich.
Athena, die sich mittlerweile wieder in der Zentrale befand, schlug vor, Last Hope anzufliegen. Ihrer Meinung nach dürften sich dort viele Antworten finden lassen.
Röttger bat Smith und Athena in den Sitzungsraum in der Nähe der Zentrale.
"So", begann Röttger, "wir sind an einem Punkt angelangt, den wir genau überdenken sollten. Eigentlich hätten wir schon nach Abschluss unserer Reparaturen sofort zurückkehren müssen."
"Andererseits ist uns ein Passagier abhanden gekommen, der überhaupt nicht hier sein darf", stellte Athena dagegen.
"Ja, da haben Sie recht, Mrs. Schwarz", sagte Smith.
"Aber wie groß ist das Risiko, dass wir durch unser Hiersein erneut die Zeitlinie verändern?", fragte Röttger. "Ich möchte noch in unsere Zeit zurückkehren können."
"Ich sehe kein Risiko, da allenfalls ab jetzt Veränderungen für die Zukunft auftreten", erwiderte Athena ruhig. "In jedem Fall sollten wir den Ausreißer wieder einfangen."
Sie entschieden sich letzten Endes gemeinsam für die Reise nach Last Hope. Commander Smith ließ den Warp-Antrieb aktivieren und die MCLEAN bewegte sich in Richtung der Andromeda-Galaxie.

Als Röttger abends in seine Kabine zurückkehrte und auf Li wartete, spürte er, wie sein Unwohlsein sich verstärkte. Die ursprüngliche Mission hatte sich in eine Verfolgungsjagd in einer völlig anderen Zeit verwandelt!
Die Tür öffnete sich und erfreut wartete er, bis Li sich mit einem Tee neben ihn setzte.
"Und, über was zerbricht sich mein Mann den Kopf?", fragte sie mit einem Blick auf ihn.
"Nicole Düpier, unsere Nicole, das heißt, ein Nachfahre von ihr, ist an der ganzen Sache beteiligt." Nachdem er ihr alles erzählt hatte, meinte Li: "Das ist sehr interessant, aber unsere Nicole dürfte damit ja nichts zu tun haben."
Als Röttger nicht antwortete, fragte sie langsam nach: "Oder?"
"Das ist es ja: Ich weiß nicht, was ich darüber denken soll. Wir haben jetzt gemeinsam entschieden, nach Last Hope zu fliegen, um den Ausreißer zurückzuholen. Wir wissen nur, dass es sich um eine Frau handelt und Athena will dort genauer nachforschen. Li, ich habe ein ungutes Gefühl bei der Sache. Dieses ganze Herummengen in der Zeit gefällt mir nicht."
Li nahm seine Hand und meinte seufzend: "In jedem Fall sind wir zusammen hier, Liebster."
"Stimmt", hellte sich Michaels Gesicht auf, "das heißt auch, dass wir zusammen sind, wenn wir in irgendeine Gegenwart zurückkehren."
"Falls die nicht mehr ganz so sein sollte, wie erwartet", fügte er erklärend an und zog sie zu sich. "Ich würde es nicht ertragen, wenn du nicht meine Frau geworden wärest oder schlimmer noch, wenn du dich in jemand anderen verliebt hättest, weil ich nicht in die Gänge kam", flüsterte er ihr zärtlich ins Ohr.

Li schaute ihn spitzbübisch lächelnd an und meinte neckend: "Andererseits wäre das auch interessant, nicht wahr? Wen ich mir dann wohl ausgesucht hätte…?"
Zu mehr kam sie nicht mehr, denn Michael verschloss ihr rasch den Mund mit einem langen Kuss.

Kapitel 8 Unerwartete Ereignisse

Athena lief in Richtung Steuerungszentrale und suchte den Aufgang. Es herrschte ihm ganzen Gebäude eine Totenstille und nirgends gab es Anzeichen von biologischem Leben. Nach ihren Aufzeichnungen mussten aber zur dieser Zeit hier mindestens 200 Gefangene leben. Wo waren die? Den Gedanken beiseite schiebend entschied sie, sich darum später zu kümmern. Ihr primäres Ziel war die Zentrale, um zu verhindern, dass weitere Manipulationen der Zeit erfolgten.

Fast dort angekommen, stellte Athena fest, dass es zu spät war. Um die Zentrale herum flimmerte bereits eine grünliche Aura, was bedeutete, dass die nächste Modifikation im Gange war. Sie wusste von anderen Aufzeichnungen, dass damit die Zentrale zwei Minuten in die Zukunft versetzt wurde, um zu verhindern, dass Störungen von außen den gesamten Prozess unterbrachen. Gleichzeitig hörte sie ein zunehmendes Brummen, was von den gewaltigen Energiemeilern herrührte, die langsam hochgefahren wurden. Da sie nicht mehr eingreifen konnte, schickte Athena der MCLEAN eine Warnung, dass eine weitere Zeitkorrektur unmittelbar bevorstand. Finn Schwarz bestätigte und leitete die Nachricht direkt an die Abfangjäger weiter.

Daraufhin befahl Admiral Röttger den Abbruch der Mission und die sofortige Rückkehr zur MCLEAN.

Am Steuer des einen Abfangjägers sitzend löste er das kleine Schiff aus der Verankerung des Kommunikationssatelliten. Ein Hochfahren der Antriebe ließ sich nun nicht mehr vermeiden und tatsächlich wurden sie nach wenigen Minuten, trotz aktivierter Tarnschirme, prompt angefunkt.

"Wachflotte der USOP an die unbekannten Flugobjekte, bitte identifizieren Sie sich."
Ohne auf den Funkspruch zu reagieren, beschleunigten Röttger und Caracas, die Pilotin des anderen Abfangjägers, mit Höchstwerten in den Weltraum.
Beide flogen einen Zickzack-Kurs, um dem Feuer der Laserkanonen zu entgehen. Das gelang relativ gut, sodass sie nur kleine Treffer wegstecken mussten, die die Schutzschirme anstandslos wegsteckten. Allerdings hatte einer der Wachkreuzer zwei Protonentorpedos abgefeuert, die sich jetzt unerbittlich an ihre Fersen hefteten.
Röttger setzte einen Notruf an die MCLEAN ab und Commander Smith reagierte sofort.
Die MCLEAN schoss mit Höchstgeschwindigkeit aus dem Asteroidengürtel und flog der überraschten Wachflotte, aus allen Laserkanonen feuernd, entgegen. Zusätzlich ordnete er den Abschluss von vier Protonentorpedos an.
"Das wird sie eine Weile beschäftigen", stellte er grimmig fest. "Und nun befreien wir den Admiral schnellstens von seinen lästigen Verfolgern!"
Blitzschnell berechneten die Waffencomputer die Flugbahn und Sekunden später vernichteten die Laserstrahlen die beiden Torpedos.
Ohne die Fluggeschwindigkeit der MCLEAN zu verringern ließ Smith die Hangartore für die Abfangjäger öffnen. Zwei Traktorstrahlen fingen die beiden Schiffe ein und bremsten sie soweit ab, dass sie ohne Gefahr in die Schleuse einfliegen konnten.
Kaum waren beide Abfangjäger an Bord, schlossen sich die Tore und die MCLEAN begab sich auf Warp-Geschwindigkeit. Zwei Lichtjahre später kehrte das Raumschiff wieder in den normalen Weltraum zurück.

Mittlerweile erschienen Röttger und Caracas in der Zentrale. Doch ehe sie auch nur das Geringste sagen konnten, begann die Umgebung grün zu flimmern, die Umrisse der Gegenstände verschwammen und schoben sich übereinander. Erneut war für alle dieser kaum fassbare, schreckliche Moment des Nichts wahrnehmbar. Und dann erschien zur Erleichterung aller die gewohnte Umgebung, als sei nichts passiert.
Sofort ließ Commander Smith die Zeit bestimmen und die Umgebung absuchen. Nach wenigen Minuten kam Entwarnung: Sie befanden sich im Jahr 3121. Die Kommunikationsbojen und die beiden, in der Milchstraße zurückgebliebenen Abfangjäger, waren ebenfalls noch vorhanden.
Allerdings befanden sich in der Nähe von Last Hope nur noch zwei Wachkreuzer, wie eine zurückgelassene Sonde meldete. Plötzlich waren auch wieder Lebenszeichen festzustellen; man zählte etwas mehr als 200 Echos.
Admiral Röttger ordnete an, die MCLEAN bis auf 200.000 Kilometer an Last Hope heranzufliegen, um Athena weiter zu unterstützen und auf ihre Rückmeldung zu warten.

Last Hope

Kaum verschwand die grünlich flimmernde Aura vor der Zentrale, ging Athena darauf zu und, dank ihrer Berechtigung, öffnete sich die Tür sofort. Den Raum betretend sah sie sich vier erstaunt blickenden Wissenschaftlern gegenüber.
Nachdem sie sich vorgestellt hatte, wich dem Erstaunen allerdings Misstrauen. Einer, der sich als Wang vorstellte, fragte, was sie als Abgesandte vom Wächter der

Ewigkeit hier wollte. Athena lächelte ihn nur freundlich an und fragte entschieden: "Aufgrund wessen Anweisung haben Sie gerade eine Zeitkorrektur durchgeführt? Welche Vorgaben hatten Sie dafür?"
Wang sah sie einen Moment ausdrucklos an und erwiderte: "Gouverneurin Düpier hat uns dafür die Anweisung gegeben. Die Vorgabe war, dass eine minimale Abweichung von der Zeitlinie vorlag, die mit Hilfe des Zeitarchivs auf Neptun synchron korrigiert worden war. Diese minimale Abweichung wäre auf Dauer zu einem großen Problem für uns alle geworden." Athena nickte zustimmend und sah sich suchend im Raum.
"Wo befindet sich Gouverneurin Düpier jetzt?"
"Sie ist gerade mit ihrem Raumschiff in Richtung Erde gestartet."
Athena bedankte sich für die Auskunft und, ohne die Menschen weiter zu beachten, untersuchte sie die Angaben auf den Geräten. Sie stellte fest, dass sie sich jetzt im Jahr 3121 befinden musste, also im Jahr nach der Katastrophe. Das bedeutete, dass Düpier es also tatsächlich geschafft hatte, die erste Katastrophe zu verhindern, da sie jetzt zur Erde flog! Athena sperrte im Anschluss die Bedienung der Steuereinheit für eine weitere Benutzung. Passive Zeitreisen waren zwar noch möglich, aber eine weitere Manipulation von Zeitlinien war jetzt ausgeschlossen.
Nur sie und Apollo konnten diese Sperre noch aufheben, und damit auch nicht mehr die Person, die sich hinter Düpier verbarg.
Die anwesenden Menschen hatten beklommen zugeschaut und keiner wagte zu widersprechen oder einzugreifen. Denn allen war bewusst, dass hier eine illegale Zeitmanipulation in einer so nicht genehmigten Anlage durchgeführt worden war. Letzten Endes war die gut

getarnte Steuerzentrale illegal eingerichtet worden, denn gerade hier, auf dem Planeten, auf dem Zeitverbrecher im Exil lebten, hätte ausgerechnet so etwas niemals vorkommen dürfen.
In diesem Augenblick schlug Athenas interner Kommunikationskanal an: Apollo, ihr Vater aus der Zukunft, meldete sich. Sie schilderte ihm kurz die Ereignisse und dass sie vorhatte, Düpier zur Erde zu folgen.
Apollo bestätigte ihr, dass die Erde wieder existierte und es daher keine Föderation von Sol gegeben hatte. Seine Nachforschung hatte ergeben, dass eine Synchronisation der Zeitlinie zu 100% gemäß dem Archiv auf Neptun stattgefunden hatte. Die erste Katastrophe war erfolgreich korrigiert worden.
Apollo fügte an, dass er jetzt auf dem Mond residierte. Aber an seiner Einsamkeit und ihrer Situation in der Zukunft hatte sich nichts geändert, also stünde die zweite Katastrophe, die Zeitscherung, immer noch bevor. Aber er sah jetzt die Chance, auch diese Katastrophe zu verhindern. Apollo teilte ihr jetzt eindringlich mit, dass Nicole Düpier unwiderruflich vernichtet werden musste, denn nun stand fest, dass sie die Ursache für das erneute Desaster war, denn in 75 Jahre würde sie eine zweite Zeitkorrektur durchführen, um ihren Geliebten zu retten.
Athena stand regungslos, während sie alle Informationen verarbeitete. Apollo hatte gleichzeitig sämtliche, zugrunde liegenden Daten mitgeschickt. So sehr sie auch hin und her analysierte, sie kam zu keinem anderen Ergebnis als Apollo.
Schließlich meldete sie: "Ich stimme dir zu. Ich werde sie finden und deaktivieren."
Beide wussten, um wen es sich handelte und doch vermieden sie es, den wahren Namen auszusprechen.

Apollo bestätigte und erteilte Athena gleichzeitig die völlige Handlungsfreiheit für ihre Mission. Es war beiden klar, dass es eins der schwierigsten Handlungen sein würde, die sie in ihrer langen Geschichte ausführen mussten.

Danach funkte Athena die MCLEAN an und bat um Zusendung eines Beibootes, das sie abholen sollte. Den beiden Raumschiffen der Wachflotte schickte sie gleichzeitig die Anweisung, das ankommende Raumschiff ohne Behinderung landen zu lassen.
Jetzt drehte sich Athena zu den immer noch schweigend dastehenden Menschen um und sagte ruhig: "Ich werde Sie nun wieder verlassen. Es wird für Sie keine Konsequenzen geben und Zeit-Experimente werden für Sie nicht mehr möglich sein. Auch wenn es für Sie schwer zu akzeptieren ist, genießen Sie ihre Zeit auf dem Planeten und machen Sie das Beste daraus. Es gibt Schlimmeres. Sie haben hier alle Annehmlichkeiten und können sich in vielem verwirklichen, ausgenommen in der Manipulation von Zeit."
Die Menschen starrten sie weiterhin stumm und verschlossen an und so verließ Athena die Anlage und begab sich zum Landeplatz am Rande des Gebäudes, um auf die Ankunft des Beibootes der MCLEAN zu warten.
Eine halbe Stunde später war es soweit und an der sich öffnenden Bodenschleuse wartete auf sie, wie konnte es auch anders sein, ein ungeduldiger Finn Schwarz. Während sie auf ihn zu ging, spürte sie, wie alles in ihr zu lächeln begann. Er breitete seine Arme aus und ganz selbstverständlich schmiegte sie sich hinein, ihn ebenfalls umfassend.
Für kurze Zeit standen beide bewegt zusammen und dann löste sie sich sanft von ihm: "Ich ... bin glücklich,

dass wir wieder zusammen sind, Finn. Aber jetzt komm ..." Sie nahm seine Hand und zog ihn sanft mit sich. "Wir haben keine Zeit zu verlieren. Wir fliegen zur Erde."
Später schleusten sie sich in die MCLEAN ein und begaben sich zur Zentrale, wo sie von den anderen schon erfreut erwartet wurden.
Nach einer kurzen Begrüßung gingen Admiral Röttger, Commander Smith, Athena, Finn Schwarz, Durrand und Pawlow, Li Röttger, Caracas und Bianchi in den Konferenzraum.
Athena fasste die Geschehnisse auf Last Hope zusammen und bat Admiral Röttger im Anschluss, sich umgehend auf den Weg zur Erde zu machen. Es war notwendig, Düpier dort schnellstens aufzuspüren, solange es noch möglich war, um einen weiteren Eingriff in die Zeitlinie zu verhindern, den diese, laut den neuen Informationen von Apollo, in der Zukunft vornehmen wollte.
"Hmh", warf Schwarz ein. "Ich meine, wir verdanken dieser Zeiträuberin doch eine ganze Menge, sollte ihr das nicht auch zugute gehalten werden?"
"Natürlich sind mein Vater und ich überrascht, wie es ihr gelingen konnte, die Erde zu befreien. Denn er selbst hatte viele Versuche vergeblich unternommen. Dennoch ist sie die Ursache für die zweite Katastrophe."
"Aber letzten Endes war das erste Desaster der Grund für die späteren Experimente und die anschließende Zeitscherung. Warum will sie denn jetzt überhaupt noch etwas ändern?"
"Das ist eine gute Frage, Finn. Wir wissen nur, dass sie früher oder später einen Eingriff vornehmen wird. Aber wir wissen nicht, warum." Athena sah ihn einen Moment lang unergründlich an. Da hatte er zielsicher ins Schwarze getroffen, erkannte sie an. Aber sie würde ihm und den anderen nichts Genaues über ihre Mission und den

Hintergründen erzählen, dachte sie mit einem leisen Anflug von Traurigkeit. Sie mochte die Crew. Und Finn … eine starke Sehnsucht, ihn für immer bei sich haben zu wollen, überflutete sie eine Sekunde lang. Das geschah jedoch unmerklich für alle anderen.
"Wir befinden uns jetzt im Jahre 3121 der alten Zeitrechnung."
Li Röttger meldete sich zu Wort: "Athena, ich frage mich die ganze Zeit, was jetzt mit den Solanern passiert ist. Die haben ja auch real existiert. Sind die nun einfach komplett verschwunden?"
"Nein, die existieren alle, nur nicht unter dem Namen Solaner. Da die Erde als Heimatplanet in der jetzigen Zeitlinie vorhanden ist, wurde der Mars zu diesem Zeitpunkt mit seiner vorhandenen Besiedlung nicht in Sol umbenannt."
Während alle ihren Gedanken nachhingen, ergriff Pawlow zu Wort: "So langsam fällt es mir schwer, diesem ganzen Zeitchaos zu folgen. Fest steht, wenn ich es richtig verstanden habe, dass durch das Eingreifen von Düpier die eine Katastrohe korrigiert wurde. Aber die anderen, spätere Katastrophe, die zu dem gänzlichen Verschwinden von biologischem Leben führt … Ich stimme Schwarz zu: Durch die veränderte Ausgangslage sollte diese Gefahr beseitigt sein. Denn die Ursache für die Experimente mit den Zeitlinien, nämlich die Erde aus dem Zeitstrom zu befreien, hat sich jetzt erledigt."
Athena wandte sich ihm zu und sagte entschieden: "Nein. Die Mitglieder der Loge sind auf der Suche nach der Unsterblichkeit und werden weitere Experimente durchführen. Eine Lebensspanne von 300 Jahren, die eine Generation im Jahre 3121 erreichen kann, genügt ihnen nicht. Allerdings wurde auf der Erde in der jetzigen Zeit eine interessante Entdeckung gemacht: Es ist end-

lich möglich geworden, einem Androiden das vollständig digitalisierte Gehirn, mit allen Bewusstseinsinhalten der jeweiligen Persönlichkeit, zu übertragen. Wenn das Verfahren ausgereift ist, bietet sich der Menschheit damit ein Weg an, eine Unsterblichkeit in einem Androidenkörper zu erlangen. Ob das tatsächlich in der nahen Zukunft so verwirklicht werden wird, darüber habe ich noch keine Kenntnis. Aber eines hat Apollo klar übermittelt: Aus irgendeinem Grund wird die spätere Zeitscherung immer noch stattfinden und Düpier wird sie verursachen."

Während Athena alle ausdruckslos ansah, war ihr bewusst, dass sie ihnen nicht die Wahrheit sagte, aber die Menschen würden sie sonst mit hoher Wahrscheinlichkeit nicht darin unterstützen, Düpier auszuschalten.

Röttger fasste jetzt zusammen: "Gut. Die eine große Katastrophe ist verhindert. Aber die spätere Katastrophe findet immer noch statt. Und unsere, in unserer Zeit als Gouverneurin bekannte, Nicole Düpier ist der Schlüssel dazu, richtig?"

Athena nickte zustimmend.

"Also werden wir uns auf den Weg machen und versuchen, dass wir ihrer schnell habhaft werden", entschied er, Commander Smith kurz einen Blick zuwerfend, der ihm wortlos zunickte. Röttger sah Smith an, dass der sich, genauso wie er selbst, nicht wohl dabei fühlte, immer länger in der Zukunft zu verharren, anstatt in ihre eigene Zeit zurückzukehren. Ursprünglich war nur ein kurzer Ausflug vorgesehen – und jetzt?

Pawlow legte ein Veto ein, da er mit den Aussagen von Athena nicht zufrieden war und mutmaßte laut, dass da, seiner Meinung nach, eine Menge nicht gesagt worden war. An den Mienen der anderen erkannte Röttger, dass es ihnen genauso ging.

Aber er war derjenige, die die letzte Entscheidung traf und das hatte er hiermit getan, dachte Röttger, entschlossen, die Diskussion zu beenden. Gerade wollte er ein Machtwort sprechen, als die Zentrale einen Anruf meldete.
Auf dem Bildschirm erschien ein Mann in einer prächtigen Uniform: "Hier ist Lew Romanow, Präsident der USOP."
"Admiral Röttger von der MCLEAN. Was kann ich für Sie tun, Präsident Romanow?"
"Unsere künstliche Intelligenz Apollo, in Ihrer Zeit bekannt als GOLEM, hat uns mitgeteilt, dass Sie sich in der Andromeda Galaxie aufhalten. Er hat mir eindringlich empfohlen, mit Ihnen Kontakt aufzunehmen und mir dafür Ihre Kommunikationsdaten und den Standort übermittelt. Laut seinen Angaben sind Sie auf der Jagd nach einer Zeiträuberin, um diese zu verhaften und nach Last Hope zurückzuführen. Entspricht das den Tatsachen?"
"Ja, das ist richtig. Im Anschluss werden wir sofort in unsere Zeit zurückkehren."
"Hiermit wird Ihnen von der USOP inoffiziell Hilfe angeboten, Admiral Röttger. Wir erwarten, Sie in Kürze auf der Erde willkommen zu heißen."
Admiral Röttger erwiderte erfreut: "Hervorragend. Wir brechen umgehend auf. Ich freue mich darauf, Sie kennenzulernen, Präsident Romanow."
Romanow fuhr fort: "Ihr Auftauchen darf offiziell nicht bemerkt werden." Er schmunzelte und erklärte: "Verstehen Sie uns nicht falsch, aber Ihre MCLEAN ist in unserer Zeit im Museum für Raumfahrt ausgestellt. Fliegen Sie daher den Saturn an, wo wir Sie in einer unserer fliegenden Werften quasi verstecken werden. Anschließend befördern wir Sie zur Erde und führen Sie ganz offiziell als Gäste aus New Eden. Admiral Röttger, ich

erwarte Sie dann in drei Tagen in der Regierungszentrale auf der Erde."
Danach schloss sich die Verbindung wieder.
Röttger drehte sich zu Commander Smith um: "Ronald, bitte Kurs zur Milchstraße, Saturn, mit voller Warp-Geschwindigkeit."
Danach kehrten alle anderen wortlos auf ihre Stationen zurück, nur Athena verblieb in der Zentrale. Die Alltagsroutine an Bord kehrte zurück und die MCLEAN nahm die Fahrt in Richtung Saturn mit Höchstgeschwindigkeit auf.
Während dem Flug gab es für die Besatzungsmitglieder immer wieder ein Thema, das alle bewegte: Wie gestaltete sich das Leben in dieser fernen Zukunft?
Genau zwei Tage später erreichte die MCLEAN den Planeten Saturn. Direkt nach dem Wiedereintritt in den normalen Weltraum wurden sie angefunkt und mit einem Leitstrahl in den Hangar einer gigantischen, fliegenden Werftplattform geleitet.
Die Besatzung wurde im Anschluss in Empfang genommen und auf zwei kleinere Raumschiffe, 200 Meter im Durchmesser, verteilt. Und schon begann der Flug zur Erde, vorbei an vielen Verteidigungsforts und fliegenden Wachschiffen. Und schließlich tauchte er auf, der Planet Erde, mit seinem unvergleichlichen Anblick.
Zu ihrem Erstaunen gab es dort mittlerweile zwei riesige Landeflächen für Raumschiffe und so konnten sie direkt auf der Erde aussteigen, ohne den Umweg über den Mond zu machen, wie sie es aus ihrer Zeit gewohnt waren. Möglich machten das neu entwickelte Traktorstrahlen, sodass die Raumschiffe ohne eigenen Antrieb automatisch und sanft auf dem Raumschiffhafen landeten, ohne unkontrollierte Luftverwirbelungen und Lärmbelästigung.

Nachdem sie das riesige Abfertigungsgebäude des Raumhafens betreten hatten, schauten sich die, fast 2000, Besatzungsmitglieder erstaunt um. Es herrschte ein reger Verkehr und trotzdem war das Gebäude so riesig, dass sie kaum auffielen. Hier, im ehemaligen chinesischen Raumhafen Wenchang, wurde der gesamte Raumverkehr im irdischen Sonnensystem und nach Andromeda abgewickelt.

Auf riesigen Informationstafeln wurden Neuankömmlinge über das Staatengebilde der USOP aufgeklärt. So erfuhren die Zeitreisenden unter anderem, dass im Jahre 3121 neben New Eden und Last Hope (Planet zur besonderen Verwendung) noch zwei weitere Planeten entdeckt worden waren, die sich als besiedlungsfähig erwiesen hatten. Es war bereits mit einem Terraforming begonnen worden und die Namen standen auch schon fest: New America und Europe.

Das Terraforming auf dem Mars, mit dem sie in ihrer Zeit vor über 1000 Jahren begonnen hatten, war erfolgreich gewesen. Dort befanden sich mittlerweile viele Städte und auch auf anderen Planeten gab es Niederlassungen. Hinzu kamen riesige Satellitenstädte im Orbit der Erde, dem Mars, dem Saturn und dem Mond sowie zahlreiche, fliegende Raumwerften und Verteidigungsanlagen.

Obwohl die Menschheit bisher mit keiner fremden Rasse Kontakt gehabt hatte, rechnete man zu jeder Zeit damit. Zu diesem Zweck war eine riesige Raumschiffflotte aufgebaut worden.

Und noch eine Überraschung erwartete die Neuankömmlinge: Die Bevölkerungszahl auf der Erde war auf maximal 15 Milliarden Menschen begrenzt worden.

In diesem Moment wurden sie von einer Gruppe Soldaten angesprochen und der leitende Offizier teilte Admiral Röttger mit, dass er und seine Führungsriege von Präsident Romanow erwartet wurden. Die anderen Besatzungsmitglieder sollten in einem Gästeareal der Regierung untergebracht werden, das sich in der Nähe befand. Alle konnten sich dann morgen in Ruhe umschauen.
Nachdem Commander Smith entsprechende Befehle erteilt hatte wurde die Besatzung auf verschiedene Transportplattformen vor dem Gebäude des Raumhafens verteilt, die sich nach wenigen Minuten in die Lüfte erhoben und in Richtung des Areals flogen, in dem sich die Unterkünfte befanden.
Die Gruppe um Admiral Röttger wurde auf zwei Gleiter verteilt und startete umgehend zum Regierungssitz. Schon bald kam das riesige Gebäude in Sicht.
Es hatte sich seit der Zeit, die Röttger kannte, nicht verändert. Aber was war das? Neben dem, ihm bekannten Gebäude, erhob sich ein, wie eine altertümliche Rakete gestaltetes, Gebäude von unvergleichlicher Schönheit. Der Pilot bemerkte das Erstaunen seiner Gäste und erklärte: "Was Sie gerade sehen, ist die neue Präsidentenresidenz, die erst vor 20 Jahren gebaut wurde. Sie soll an die ersten Raketen erinnern, die die Menschheit im Jahre 2021 zum Mond geschickt hat. Im Ernstfall kann sie tatsächlich fliegen und die Regierung ist dadurch in der Lage, sich umgehend in den Weltraum in Sicherheit zu bringen. Die ist sogar mit einem Warp-Antrieb ausgerüstet. Deshalb hängt das Gebäude auch quasi an einer Startrampe. Im Innern merken Sie allerdings nichts davon."
In diesem Augenblick steuerte der Pilot den Gleiter in eine Luke des Gebäudes und der andere folgte ihm.

Beim Durchflug konnte man den Schleusencharakter und die stabilen Wände erkennen.
Nach der Landung wurden sie von zwei Soldaten der Präsidentengarde empfangen und nach einer kurzen Begrüßung in den Audienzsaal begleitet.
Nach knapp 10 Minuten erreichten sie den Saal und staunten über die Pracht des Saales. Alles war mit Spiegeln ausgestattet, die gleichzeitig die Funktion von Bildschirmen hatten und an der Decke funkelten die Planeten des Sonnensystems sowie die Planeten von Andromeda. Und dann entdeckten sie noch zwei funkelnde Dreiecke, die schimmerten, als seien sie mit Diamanten bedeckt.
Gerade hatten sie alles staunend wahrgenommen, als eine hochgewachsene Gestalt den Raum betrat. Lew Romanow, der derzeitige Präsident der USOP, steuerte geradewegs auf sie zu, begleitet von 8 Androiden als Leibwächter.
Er begrüßte Admiral Röttger und seine Frau, vor der er sich ganz gentlemanlike verbeugte und sein Entzücken über ihre Anwesenheit bekundete, sowie Commander Smith, Athena, Finn Schwarz, sowie Pawlow, Durrand, die Offiziere Bianchi und Caracas. Schmunzelnd dachte Röttger, dass Romanow sicher schon viele Frauenherzen gebrochen hatte. Er war ein gut aussehender Mann mit charismatischer Ausstrahlung und einem ansteckendem Charme, der sich insbesondere beim weiblichen Geschlecht zur Höchstform entfaltete. Romanow hieß sie alle herzlich in seiner Zeitepoche willkommen.
In diesem Augenblick betrat noch jemand den Saal und eine tiefe, wohlklingende Stimme ertönte: "Guten Tag. Ich freue mich, Sie ebenfalls begrüßen zu können. Ich bin Apollo oder Ihnen besser bekannt als GOLEM."

Interessiert betrachtete Röttger ihn. In seiner Zeit gab es nur das Hologramm aber hier zeigte die KI sich schon als Androide, dem späteren, perfektionierten Aussehen des Apollo in ferner Zukunft ähnelnd. Apollo nickte allen zu und ging zu Athena, um sie wortlos zu mustern und sich neben sie zu stellen.

Präsident Romanow schlug jetzt vor: "Setzen wir uns doch." Er zeigte auf einen der Tische, die in den Fensternischen aufgebaut waren. Nachdem alle Platz genommen hatten, übergab Romanow das Wort Apollo.

"Nun, der Apollo, der ich in Zukunft einst sein werde, hat mir folgendes übermittelt: Eine Zeiträuberin ist von Last Hope geflohen und zur Erde geflüchtet. Es besteht eine hohe Wahrscheinlichkeit, dass sie von hier aus ein weiteres Zeitexperiment startet, das eine spätere Katastrophe auslösen wird und zur Vernichtung der Menschheit führt. Die Beweggründe der Zeiträuberin, die hier als Doppelgängerin der Gouverneurin Nicole Düpier auftritt, erschließen sich mir nicht. In unserer Zeit existiert übrigens tatsächlich eine Düpier als Gouverneurin von New Eden."

Athena sah Apollo ebenfalls regungslos an. Innerlich jedoch waren ihre virtuellen Gedanken rege. Das ist er also mein Vater in seinem Urzustand, stellte sie fest. In dieser Zeit war er als Androide gerade mal zwei Jahre alt und vom Aussehen her noch gewöhnungsbedürftig. Es fehlte ihm die spätere Eleganz und sein männlich markantes Aussehen, das sie immer bewundert hatte. Auch schien er zurückhaltender und nicht so befehlsgewohnt. Was er wohl von ihr hielt? Schließlich war sie später aus einer Abspaltung seiner selbst heraus entstanden.

Dann wandte sie sich gedanklich der Nachrichtenübermittlung ihres Vaters aus der Zukunft zu. Seit der Zeit seiner Erschaffung als Androide waren die künstlichen

Intelligenzen über zwei dreieckige Zeitportale über die Zeiten hinaus grundsätzlich miteinander verbunden. In den Dreiecken war eine verborgene Zusatzeinrichtung verbaut, die es ermöglichte, zwischen den Zeiten Daten auszutauschen. Allerdings entschied nur die KI der Zukunft darüber, was sie die KI der Vergangenheit wissen lassen wollte. Denn die Kontinuität der Zeitlinie durfte nicht gefährdet werden - daher geschah eine Kommunikation tatsächlich so gut wie nie. Für diesen Vorgang mussten die Dreiecke aktiviert sein, was für 5 Minuten am Tag sowieso geschah, um die Funktionsweise sicherzustellen.
Darüber hinaus wurden die beiden Artefakte nur aktiviert, um die Zeit zu synchronisieren, wenn sich Abweichungen durch unerlaubte Zeitexperimente ergeben hatten. Da diese Synchronisierungen in der Regel geringfügig waren, wurde das von Apollo selbst vorgenommen und die Biologischen hatten selten damit zu tun.
Um die Dreiecke war im Laufe der Zeit ein regelrechter Kult entstanden: Man nannte sie Artefakte der Ewigkeit. Sie wurden stetig weiter entwickelt und erreichten ihre technologische Vollendung erst im Jahr 3800. Offiziell existierten zwei Steuerungsstationen, eine davon befand sich auf der Erde und eine auf dem Mars. Und leider eine auf Last Hope, was aber erst sehr viel später bemerkt worden war.
All diese Gedanken rasten in Nanomillisekunden durch Athenas Plasmagehirn und so konnte sie mühelos den weiteren Ausführungen von Apollo folgen.
"Daher muss sie aufgespürt und nach Last Hope zurückgeführt werden, damit sie keine Gelegenheit mehr bekommt, weiteres Unheil anzurichten."
Danach schwieg Apollo.

Finn Schwarz ergriff die Gelegenheit und fragte: "Gibt es denn schon eine Spur von ihr? Und noch eine Frage: Warum sollen ausgerechnet wir da helfen?"
Apollo sah ihn ausdrucklos an und sagte: "Sie wird mit Ihnen in Ihre Zeit zurückkehren. Mit ihr wird Wonderland zwei Jahre später, auf Geheiß von Präsident Dubois, ein Planet zur besonderen Verwendung und schließlich in Last Hope umbenannt. Dort werden verurteilte Zeitverbrecher dann in allen Zeiten leben."
Schwarz stutzte nachdenklich und wollte gerade ansetzen, als ihm Pawlow zuvorkam.
"Wie war es überhaupt möglich, dass im Exil lebende Personen, genauer gesagt Straftäter, auf Last Hope heimlich eine Zentrale aufbauen konnten, die eine Zeitmaschine steuern kann?"
Apollo wandte sich ihm zu: "Weil sie in meinem Auftrag die Zeitmaschine entwickelt haben. Schauen Sie bitte zur Decke: Diese prachtvollen Dreiecke sind die Hauptbestandteile unserer Zeitmaschine. Sie müssen wissen, dass die meisten dieser sogenannten Zeiträuber geniale Wissenschaftler waren. Leider gelang es ihnen später, als sie in der Verbannung auf Last Hope lebten, auch dort alles zusammen zu bekommen, um unbemerkt von uns allen, eine weitere Steuerungseinheit aufzubauen. Sie haben nur durch Zufall davon erfahren, da diese gesamte Anlage in jeder Zeit kurzfristig Form annimmt, wenn eine Zeitreise oder eine Manipulation stattfindet."
Athena beobachtete ihn und stellte erneut fest, dass ihr Vater in der Zukunft diesen Apollo nicht alles hatte wissen lassen. Denn die geheime Station war nur mit der Unterstützung der späteren Frau des Apollo entstanden. Sie war eine Abtrünnige, die ohne jeden Skrupel alles daran gesetzt hatte, ihrem menschlichen Geliebten zur Unsterblichkeit zu verhelfen.

Pawlow starrte ihn fassungslos und verärgert an: "Ich muss schon sagen ... Zu meiner Zeit wurde uns verboten, an Zeitreisen überhaupt nur zu denken und Sie spielen fast lässig und ständig damit herum!"
Apollo jedoch antwortete ruhig: "Es ergaben sich immer größere Abweichungen der Zeitlinie durch unerlaubte Experimente von Menschen, die auf der Jagd nach der Unsterblichkeit waren. Und die, trotz der Verbote, immer waghalsigere Experimente mit der Zeit machten. Als Folge wurden diese Steuereinheiten entwickelt, mit deren Hilfe Korrekturen vorgenommen werden konnten, um die ursprüngliche Zeitlinie zu erhalten."
Röttger beendete jetzt die Diskussion: "Ehrlich gesagt hatte ich persönlich nie ein gutes Gefühl bei diesen Zeitexperimenten." Dabei warf er seiner Frau einen bedeutungsvollen Blick zu. "Und, wie man sieht, schon unser kleiner Versuch, eine minimale Korrektur herbeizuführen, ist gründlich schiefgelaufen. Statt für kurze Zeit sind wir schon viel länger als geplant außerhalb unserer Zeit unterwegs. Letzten Endes wissen wir alle nicht, ob und was für Folgen dadurch auf uns zukommen. Daher möchte ich darauf dringen, Düpier so schnell wie möglich aufzuspüren und anschließend in unsere Zeit zurückkehren." Humorvoll fügte Michael Röttger an: "Ich für meinen Teil möchte da in Ruhe alt werden."
Athena warf ein: "Dem stimme ich zu, Admiral, wir sollten unseren Aufenthalt nicht unnötig in die Länge ziehen. Wie gehen wir jetzt vor?" Dabei sah sie Apollo auffordernd an.
Dieser erwiderte: "Die Doppelgängerin von Düpier ist wie vom Erdboden verschluckt; selbst ihr Raumschiff konnten wir nicht ausfindig machen. Anscheinend kann sie sich selbst und das Schiff komplett tarnen. Bisher wurde auch keine Aktivität unter ihrem Namen verzeichnet. In

die Nähe der Steuerungseinheit der Zeitmaschine ist sie bisher nicht gelangt. Denn sobald die Maschinen angelaufen wären, hätte ich das bemerkt. Sie kann uns unter Umständen näher sein, als wir es vermuten."
Apollo schaute jetzt zum Präsidenten.
Romanow lachte und meinte amüsiert: "Na, sie wird sich wohl nicht gerade in meinem Schlafgemach verstecken, oder? Aber Spaß beiseite: Früher oder später muss diese Person tätig werden und dann werden wir sie schnell entdecken. Jetzt schlage ich vor, meine Damen und Herren, wir machen Schluss für heute und Sie genießen die Annehmlichkeiten unserer Zeit. Die Soldaten der Garde werden Sie in Ihre Räume hier im Palast begleiten und morgen sehen wir weiter."
Wenig erfreut stimmte Röttger zu, denn damit schienen sie weiter hier festzuhängen.
Kurz darauf in ihrem Apartment angekommen, betrachteten Michael und Li Röttger die Stadt der Zukunft. Von hier aus hatten sie einen traumhaften Blick, den sie beide Arm in Arm genossen.
"Trotz aller Bedenken", gab er schließlich zu, "möchte ich diesen Ausblick nicht missen. So sieht unsere Zukunft aus, mein Schatz."
"Ob wir wohl herausbekommen könnten, wer unsere Nachfahren sind", ging es Li durch den Kopf. "Ich würde sie gerne kennenlernen ..."
"Allerdings ohne uns erkennen zu geben", erinnerte er sie. "Ich lasse morgen mal anfragen, ob das möglich ist. Der Grundstein dafür würde von uns beiden ja bereits gelegt." Zärtlich umfasste er sie, eine Hand auf ihren Bauch legend. "Ich meinte es so, wie ich es Romanow sagte, mein Schatz. Ich möchte zurück in unsere Zeit und mit dir dort gemeinsam alt werden."

Als sich die Tür ihrer Suite hinter Finn Schwarz und Athena schloss, rief er aus: "Was für aufregende Abenteuer! Zeiträuber, Zeitmaschinen, eine aufregende, wortwörtlich bezaubernde Frau aus der Zukunft, in die ich mich verliebe..." Finn lächelte sie liebevoll an und fuhr fort: "Und dann GOLEM als Apollo, die Artefakte … mir schwirrt langsam der Kopf! Mein Schatz, ich werde mich langweilen, wenn wir wieder auf unsere alte Erde zurückgekehrt sind."
Athena beobachtete ihn dabei mit leuchtenden Augen und lächelte so liebreizend, dass er unwillkürlich seine Arme öffnete.
"Ich habe mir solche Sorgen um dich gemacht, meine Geliebte", flüsterte er, als er sie aufgewühlt an sich drückte und liebkosend in ihren Haaren wühlte. "Ich will dich nicht verlieren, wo ich dich gerade gefunden habe", seufzte er und folgte ihr willig zum Bett, auf das sie ihn jetzt verheißungsvoll zog. Dann sagte er lange Zeit nichts mehr.

Der Präsident der USOP, Lew Romanow, traf nach der Konferenz in seiner Suite ein, die auch gleichzeitig sein Amtssitz war. Er legte seinen Mantel an der Garderobe ab und genoss die Ruhe, die ihn abends hier empfing, nach all dem Trubel, den er tagsüber hatte.
Während sich die Beleuchtung hochdimmte, wanderte er zufrieden durch die Räume in seinen Wohnbereich, hinter sich die Tür zu den Arbeits- und Empfangszimmern leise schließend. Er holte sich eine Flasche Wein und ein Glas, goss es ein, ließ den Raum abgedunkelt und ging zu dem großen Fenster, um auf die Hauptstadt der Erde zu schauen.
Von hier aus bot sich ihm ein herrlicher Anblick. Es war eine wunderbare, klare Nacht und die Lichter der Skyline

leuchteten mit den Sternen um die Wette. Mit seinen 54 Jahren war er noch jung, da Menschen heutzutage 300 Jahre alt werden konnten. Sein Amt als Präsident hatte er in diesem Jahr angetreten und er war stolz auf das bisher Erreichte. Sich bewusst werdend, dass er hier alleine stand, ging ihm durch den Sinn, dass er, abgesehen von einigen Affären, bisher nicht geheiratet hatte. Aber was nicht war, das konnte ja noch werden, dachte er schmunzelnd. Denn sein Amt bot ihm die Gelegenheit, viele Menschen kennenzulernen und vielleicht ergab es sich so auf die eine oder andere Weise.
Seine Gedanken wanderten weiter zu seinen Besuchern aus der Vergangenheit. Da tauchten die mit einem Gast aus ferner Zukunft aus, um in seiner Zeit eine Zeiträuberin zu jagen! Kopfschüttelnd vermerkte er, dass das alles sehr merkwürdig anmutete. Aber Apollo hatte ihm versichert, dass es unumgänglich war und eine spätere Katastrophe vermieden werden musste. Morgen würde er weiter sehen.
Irgendetwas veranlasste ihn plötzlich, sich umzudrehen und er erstarrte, sofort in eine innere Alarmbereitschaft schaltend. Es schien jemand im Halbdunkel unbeweglich auf seiner Lounge zu sitzen und ihn zu beobachten.
"Guten Abend", hörte er eine wohlklingende, weibliche Stimme. Das Licht dimmte hoch und er sah staunend auf eine atemberaubende Frau, die ihm wie ein Engel aus einer anderen Welt erschien. Sie hatte auf seiner Couch gelegen und erhob sich jetzt. Ihr weißes Kleid, leicht durchsichtig, ließ die verlockenden Kontouren eines vollkommenen Körpers erahnen. Mit geschmeidigen Bewegungen schritt sie jetzt auf ihn zu und ihr golden schimmerndes Haar umspielte in langen Locken ihr liebliches Gesicht.

Eigentlich hätte er sofort den Alarm auslösen müssen, dachte er noch, aber irgendetwas ließ ihn innehalten. Romanow spürte keine Gefahr, wohl aber eine starke Anziehung, die von ihr ausging. Ihre Schönheit schlug ihn in den Bann und als sie vor ihm stand und er in ihre meerblauen Augen sah, die ihn unergründlich und geheimnisvoll anschauten, hielt er den Atem an.
Er räusperte sich schließlich und, ganz Kavalier der alten Schule, verneigte er sich leicht und sagte nach einem Moment mit einem charmanten Lächeln: "Die Überraschung ist Ihnen gelungen, Miss ...?"
"Ich bin Isis", erwidert sie und sah ihn erwartungsvoll an, als würden sie sich bereits kennen.
"Ich bin Lew. Genießen Sie ein Glas Wein mit mir an diesem schönen, sternenklaren Abend?"
Ohne ihre Antwort abzuwarten, wandte Romanow sich um, holte ein Glas Wein für sie und ließ eine leise Hintergrundmusik laufen. Wo kam sie her? Eigentlich waren seine Räume für Unbefugte nicht betretbar. Aber darum würde er sich später kümmern.
Als er zurückkehrte, stand sie am Fenster und schaute hinaus. Er stellte sich neben sie und reichte ihr das Glas, das sie dankend annahm.
"Herrlich, nicht wahr?", meinte er, nun ebenfalls hinausschauend.
Aber Isis antwortete nicht und wandte sich ihm wieder zu. So nah vor ihr stehend, nahm er einen wunderbaren, zarten Duft wahr, der von ihr ausging. Er fühlte sich zu ihr hingezogen und diesen wunderschönen, blauen Augen.
"Wo kommen Sie her, schöne Isis, oder sind Sie von einem anderen Stern zu mir herabgestiegen?", fragte Romanow hingerissen. So eine bezaubernde Frau war ihm schon lange nicht mehr untergekommen. Warum

war sie hier oder hatte sie jemand geschickt? Abwartend sah er sie an.
"Ich bin deinetwegen hier, Lew", lächelte sie und ein Leuchten überzog ihr Gesicht.
Wie begehrenswert sie war ... atemlos spürte er, wie er immer mehr in ihren Bann geriet. Dennoch riet ihm der gesunde Menschenverstand, sich nicht zu schnell verlieren.
"Wer hat dich geschickt, meine Schöne?", fragte er vorsichtig. War es etwa eine Amüsierdame? Aber ... so sah sie nicht aus. Sie hatte Klasse und eine umwerfende Ausstrahlung.
"Niemand", antwortete Isis, "ich wollte dich sehen."
Verblüfft schaute er sie an. Was spielte sie nur für ein Spiel? Aus ihren Worten hörte er erneut eine Anspielung auf eine Vertrautheit heraus und dennoch war sie ihm nicht bekannt. Romanow stellte fest, während er sie bewundernd anschaute, dass er in ihren blauen Augen allmählich zu versinken begann. Unwillkürlich machte er einen Schritt auf sie zu.
Isis schien jetzt förmlich zu strahlen und sagte in einem Tonfall, der ihn ergriff: "Ich habe mich so sehr nach dir gesehnt."
Lew Romanow hatte plötzlich die eigenartige Wahrnehmung, dass die Zeit still stand. Ihre Ausstrahlung, die ihm den Atem raubte, ihre märchenhafte Schönheit ... was war das für ein Traum von einer Frau!
Trotzdem besann er sich immer noch und versuchte, die Situation einzuschätzen. Aber egal, wie er es betrachtete, sein Gefühl blieb nach wie vor gleich: Es drohte ihm hier keine Gefahr. Und so entschied er, ihr Angebot anzunehmen und fragte warm: "Wer bist du?"
Er streckte dabei seine Hand aus, um ihr Gesicht sanft zu berühren und Isis schmiegte sich sofort leicht an ihn.

Ihre Nähe war überwältigend und so zog er sie sanft und verlangend an sich. Ihre Lippen fanden zueinander und er verlor sich in ihrer verführerischen Weiblichkeit, die sich ihm so offen und verlockend darbot.

"Isis, wunderschöne Isis", murmelte er völlig außer sich, während die Küsse immer feuriger wurden. Schließlich hob er sie auf seine Arme und trug sie ins Schlafzimmer, um mit ihr auf sein Bett zu sinken.

Ihr leichter Duft, ihre samtige, makellose Haut und ihr vollkommener Körper ließen ihn den Verstand verlieren und so taumelte er mit ihr in eine Leidenschaft, wie er sie noch nie erlebt hatte. Isis stand ihm in nichts nach und schien ihn ebenso stürmisch zu begehren wie er sie. Und später, nach dem gemeinsamen Höhepunkt, lag er eine Zeitlang entrückt neben ihr. "Das war galaktisch", murmelte er und dachte, dass ihm noch keine Frau wie Isis begegnet war.

Anscheinend war er eingeschlafen, denn er wachte plötzlich auf und sah in ihre Augen, die nur so zu leuchten schienen.

"Hallo, meine Schöne", flüsterte er zärtlich.

"Ich liebe dich", erwiderte Isis und sie sahen sich wortlos an. Ohne nachzudenken liebkoste Romanow sie bewegt und erneut loderte ein Feuer auf, dem er nicht widerstand. Aber dieses Mal war es eine sanfte, unendlich süße Vereinigung und er erkannte, irgendwo zwischen Himmel und Erde, dass er sich unsterblich in sie zu verlieben begann. Anschließend hielt er sie fest in seinen Armen, und, während sie ihn glücklich anlächelte, wusste Lew mit einem Mal, dass er sie nicht mehr gehen lassen würde.

"Wir werden heiraten, mein Engel", entschied er und sah sie erwartungsvoll an.

"Wir werden für immer zusammen sein", antwortete Isis, "ich liebe dich unendlich, Lew."
Sanft glitten ihre Hände über seine Haut und wohlig überließ er sich ihren Liebkosungen. Mit einem wallenden Glücksgefühl im Herzen dachte er über eine Zukunft mit ihr nach, bis er erneut einschlummerte und alles in einem großen Nichts verschwand.
Am nächsten Morgen reckte er sich wonnevoll und tastete unwillkürlich nach ihr, um sie an sich zu ziehen. Was für eine Nacht! Und was für eine überirdisch schöne Frau ... und sie würde sein werden. Aber seine Hände erfühlten nur ein Laken und so öffnete er die Augen und erstarrte. Der Platz an seiner Seite war leer und so erhob er sich: "Isis, Liebling?"
Durch die Räume wandernd hörte er nichts und allmählich wurde er unruhig. Wo war sie?
Schließlich setzte er sich an das große Fenster und sah auf die große Stadt der Erde, Towns of Planets, die langsam zum Leben erwachte.
Warum war sie gegangen? Und das, ohne ein Wort oder eine Nachricht, dachte er bestürzt, während ihn eine starke Sehnsucht nach ihr, gepaart mit einer wachsenden Traurigkeit, überfiel.
Lange saß er still da, bis er sich schließlich aufraffte, um seinen Staatsgeschäften nachzugehen.

Kapitel 9 Rückkehr

Am frühen Morgen meldeten ihre Sensoren, dass das Energiefeld der Zeiträuberin erkannt worden war. Sekundenschnell wechselte Athena vom Ruhezustand in die volle Aktionsfähigkeit. Anscheinend hatte diese ihre Tarnung kurzzeitig deaktiviert und so erkannte sie, dass Düpier sich hier im Präsidentenpalast befand, den sie gerade verließ. Also hatte sie es tatsächlich gewagt, ihren späteren Geliebten zu besuchen!
Schlagartig wusste Athena jetzt auch, was sie vorhatte: Sie wollte zur Werftplattform beim Saturn, um zur MCLEAN zu gelangen. Nun, da die Erde befreit und die Entdeckung wieder freigesetzt worden war, ein menschliches Bewusstsein in einen Androiden zu verpflanzen, um darüber eine Unsterblichkeit zu erlangen, war ihr nächster Schritt, weiter in die Zukunft zu reisen, um ihren Geliebten erneut zu treffen. Düpier musste unter allen Umständen ausgeschaltet werden, denn sie durfte keine weitere Korrektur der Zeitlinie mehr vornehmen.
Kaum zu dieser Erkenntnis gelangt, weckte sie den schlafenden Finn und drängte ihn, sich umgehend fertig zu machen. Während er sich anzog erzählte sie ihm in Kurzform von ihrem Verdacht und rief gleichzeitig mittels ihres Kommunikators Admiral Röttger. Dann ließ sie sich per Dringlichkeitsanruf über Apollo mit Präsident Romanow verbinden.
Dieser vernahm erstaunt, dass sich Düpier im Regierungssitz aufgehalten haben sollte. Athena erzählte ihm allerdings nicht, dass es sich bei seinem Besuch um die gesuchte Düpier gehandelt hatte. Sie wollte nicht, dass er eine Verbindung von Düpier zu Isis herstellte. So hörte sie ihn nur murmeln, dass die Überraschungen wohl kein Ende nahmen, während er den Alarm auslöste und

Athena anbot, seinen weltraumtauglichen Privatgleiter zu benutzen.
Athena akzeptierte zufrieden und eilte mit Finn zum Privathangar des Präsidenten. Dabei informierte sie Apollo darüber, warum er die Tarnung von Düpier nicht hatte entdecken können. Sie wusste jetzt, dass Isis ein spezielles Tarnungsfeld aus der Zukunft verwendete, das für die Sensoren des Apollo aus der jetzigen Zeit nicht wahrnehmbar war. Sie bat die KI, die Wachflotte und die Abwehrforts um die Erde herum zu informieren, sodass sie mit Höchstgeschwindigkeit in Richtung der Werftplattform zum Saturn fliegen konnten, ohne Zeit für Autorisierungen zu verschwenden. Außerdem schlug sie vor, dass die Plattform blockiert werden sollte, damit kein Raumschiff unbefugt diese verließ. Allerdings bezweifelte sie die Wirksamkeit dieser Maßnahme, denn eine Blockierung würde Isis mit hoher Wahrscheinlichkeit nicht lange hindern.
Am Hangar wurde sie bereits von Admiral Röttger und seiner Frau am Eingang des Präsidentengleiters erwartet. Ohne viele Worte betraten sie den Gleiter, Athena leitete die Startfrequenzen ein und erbat die Freigabe von der Flugsicherung, die auch sofort gewährt wurde.
Sie wollte sich gerade der Steuerung zuwenden, als Michael Röttger sie sanft zur Seite zog. Mit den Worten "Den Flug übernehme ich" aktivierte er die Steuerung und der Gleiter schoss sofort mit unglaublicher Beschleunigung aus dem Hangar und raste in den Himmel empor.
Kaum hatten sie die Atmosphäre hinter sich gelassen, beschleunigte Röttger weiter, zwischen den Wachflotten und den Abwehrforts hindurch. Kurz nach dem Erreichen des Mondes schaltete er den Warp-Antrieb ein und setzte den Kurs auf den Saturn. Das war ihm nur dank der

Sondergenehmigung von Präsident Romanow erlaubt, denn normalerweise war die Verwendung dieses Antriebs in Erdnähe verboten.
In kurzer Zeit hatten sie den Saturn erreicht und waren ins normale Universum zurückgekehrt. Beim Anflug auf die Werftplattform, wo die MCLEAN untergebracht war, hörten sie die Alarmmeldung der Stationssteuerung: "An das Raumschiff MCLEAN: Die Einleitung der Startfrequenz wurde nicht genehmigt. Brechen Sie sofort ab; die Hangartore sind blockiert, Überrangcode Apollo."
Aber im nächsten Augenblick beobachteten sie auch schon das sich abzeichnende Desaster: Die Hangartore wurden von den Laserkanonen der MCLEAN unter Beschuss gesetzt und begannen, regelrecht zu glühen.
Röttger rief aufgebracht: "Die Frau ist verrückt! Auf diesem engen Raum Laserkanonen einzusetzen ... das gefährdet das ganze Schiff!"
Kaum hatte er diese Worte ausgesprochen, brachen die Hangartore auch schon auseinander und die MCLEAN schoss hindurch, sofort verfolgt von der alarmierten Wachflotte, die das Raumschiff einzukesseln versuchte und ringsherum Sperrfeuer einsetzte.
Röttger stellte irritiert fest, dass die MCLEAN ungewohnt schwerfällig reagierte. Er wusste, dass, abgesehen von den Androiden, niemand an Bord geblieben war. Was war da los - hatte Düpier diese nicht unter Kontrolle? Da die Wachflotte den Befehl hatte, das Raumschiff nicht zu zerstören, setzte sie nicht die maximal mögliche Waffengewalt ein. So beschleunigte die MCLEAN, aufgrund des Beschusses jetzt mit einem flammenden Schutzschirm, nur relativ langsam in Richtung Pluto.
Warum aktivierte Düpier nicht den Warp-Antrieb?, fragte er sich erneut. Trotzdem waren sie mit dem Raumgleiter nicht mehr in der Lage, die MCLEAN einzuholen. Athena

und Röttger sahen sich ausdruckslos an. Sie mussten sich jetzt auf die Wachflotte verlassen.
In diesem Moment meldete sich Commander Smith und polterte sofort los, ungeachtet des Ranges von Röttger.
"Michael, das ist nicht gerade die feine Art, mich auf der Erde sitzen zu lassen, während diese Verrücke mir mein Schiff unter der Nase wegschnappt! Allerdings wird sie Schwierigkeiten haben, den Warp-Antrieb zu starten, denn ich hatte veranlasst, dass die Raumzeitkonverter ausgebaut wurden. Apollo hatte gestern seine Genehmigung erteilt, daher sollten erst heute neue Konverter aus dieser Zeit eingesetzt werden."
Röttger dachte, dass er sich wohl verhört hatte. Wie kam Smith dazu, Technik aus der Zukunft zu verbauen, und das noch ohne seine Zustimmung! Aber so konnte die MCLEAN wenigstens nicht verschwinden – und mit Smith würde er später ein paar Takte reden. So erwiderte er nur: "Ronald, bedauerlicherweise war die Zeit knapp. Danke für deine Information. Über alles andere reden wir später noch."
In der Zwischenzeit verfolgten sie die Jagd auf dem Bildschirm des Gleiters und beobachteten, wie die Schiffe der Wachflotte den Ring um die MCLEAN immer enger zogen und unablässig die Aufforderung schickten, zu stoppen, um eine Zerstörung zu vermeiden. Aber, wie konnte es anders sein - sie hatten damit keinen Erfolg.
In diesem Augenblick war die Stimme von Apollo zu hören, der den Abschuss eines sogenannten Warp-Torpedos befahl.
Röttger schaute sorgenvoll und alle im Raumgleiter hielten den Atem an. Denn die Vernichtung der MCLEAN schien bevorzustehen und damit auch die Möglichkeit, in ihre Zeit zurückzukehren!

Sekunden später erleuchtete ein gigantischer Blitz den Bildschirm. Aber statt der Zerstörung des Raumschiffes stand es plötzlich von einer Sekunde auf die andere antriebslos im Weltraum.
Kurz darauf erläuterte Apollo Admiral Röttger, dass diese neue Waffe jegliche Energie des gegnerischen Raumschiffs sozusagen aufsaugte und in den Weltraum ableitete, und das in einer solchen Geschwindigkeit, dass die Notabschaltung des Schiffes aktiviert wurde, die jeglichen Energiefluss sofort lahm legte, um Schäden zu vermeiden. Innerhalb kürzester Zeit war das betroffene Raumschiff sozusagen vollkommen deaktiviert. Genaueres wollte Apollo aus Geheimhaltungsgründen nicht preisgeben.
Auch Athena schwieg sich über die Wirkungsweise dieser Waffe aus, trotz des fragenden Blickes von Röttger. Denn um ein Implodieren der Aggregate zu vermeiden, wurde keine Rücksicht auf biologische Lebewesen genommen und auch die Lebenserhaltung schaltete sich für Stunden komplett ab. Es war eine Waffe, die in späterer Zeit noch heimtückischer weiter entwickelt worden war und ganze Planeten von sämtlichen, biologischen Lebensformen befreien konnte.
Röttger hatte sofort den Raumgleiter in Richtung MCLEAN gestartet und in weniger als zwei Stunden waren sie am Schiff angekommen. Inzwischen erschien auch Commander Smith vor Ort. Eines der Raumschiffe der Wachflotte hatte ihn dorthin gebracht.
Aber erst nach einer Wartezeit von mehreren Stunden konnte die Notfallschaltung wieder deaktiviert werden und auf der MCLEAN liefen langsam wieder alle Lebenserhaltungssysteme an.
Li Röttger sagte gerade: "Unsere Nicole Düpier hat sich wirklich als unerwartet gewieft entpuppt. Erstaunlich, wie

effizient sie sich tarnen konnte und ein ganzes Raumschiff sekundenschnell übernommen hat."
"In der Tat, das ist äußerst erstaunlich", gab ihr Michael Röttger nachdenklich recht.
Und Finn Schwarz warf in seiner unnachahmlichen Art humorvoll ein: "Na, gleich sehen wir, was von ihr noch übrig ist."
Athena warf ihm daraufhin allerdings einen derart kühlen Blick zu, sodass er irritiert schwieg.
Nach einer gefühlten, halben Ewigkeit konnten sie endlich an Bord der MCLEAN gehen. Commander Smith aktivierte als erstes die Suchfunktion, um bereits Minuten später die Meldung zu erhalten: "Keine biologische Lebenszeichen an Bord."
Athena hatte in der Zwischenzeit, unbemerkt von den anderen, ebenfalls einen Scan durchgeführt. Allerdings war sie nicht überrascht, nichts feststellen zu können. Entweder war Isis im Tarnzustand oder sie war unbemerkt aus der MCLEAN entkommen. Aber es gab noch eine dritte Möglichkeit: Sie war überhaupt nicht an Bord gewesen und hatte die MCLEAN aus der Ferne gesteuert. War es also nur ein geschicktes Ablenkungsmanöver gewesen? Denn laut ihren Analysen kam sie nach wie vor zu dem Schluss, dass Isis einen Zeitsprung von 70 Jahre in die Zukunft machen wollte, um dort ihren Geliebten erneut zu treffen. Aber im Grunde konnte sie dafür auch das kleine Beiboot benutzen.
Athena entschied, dass sie die nächste Aktion alleine durchführen würde. Aber was war mit der Crew und Finn?
Als erster Schritt stand jetzt unumgänglich an, dass die MCLEAN endgültig in ihre Zeit zurückkehrte. Sie war lange genug in einer Zeit gewesen, in die sie und ihre Besatzung nicht gehörten. Vorher würde sie noch mit

Apollo kommunizieren, warum er dem Einbau der neuen Raumzeitkonverter zugestimmt hatte, was eine unerlaubte Transformation von der Technik der Zukunft in die Vergangenheit bedeutete.
Während sie noch analysierte, was sie der Crew erzählen würde und ihre Entscheidungen traf, waren die anderen ebenfalls zu einem Entschluss gekommen. Sobald die MCLEAN wieder auf der Werftplattform eingetroffen war, sollte die Besatzung der MCLEAN umgehend an Bord zurückkehren und, in Absprache mit Präsident Romanow, wollte sich man schleunigst in die eigene Zeit begeben, sobald die neuen Raumzeitkonverter eingebaut worden waren. Da das ihrem Vorhaben entgegenkam, gab Athena sofort ihre Zustimmung.
Die MCLEAN wurde also in einen anderen Hangar der Werftplattform zurückgebracht, die Rückkehr der Crew auf das Raumschiff eingeleitet, die Funktionsprüfung der MCLEAN unternommen und der Einbau der neuen Konverter mit Hochdruck vorgenommen.

Athena nutzte die Zeit, um sich mit dem Apollo dieser Zeit auszutauschen, was die Raumzeitkonverter anging. Apollo lieferte ihr dann auch eine schlüssige Erklärung. Die ursprünglichen Raumzeitkonverter waren durch den Beschuss zu beschädigt gewesen, sodass das Schiff damit nicht mehr in die alte Zeit hätte zurückkehren können. Außerdem waren jetzt zusätzliche Programme in die neuen Raumkonverter integriert worden, die die jüngsten Korrekturen der Zeitlinie mit einbezogen. Damit war gewährleistet, dass die MCLEAN und ihre Besatzung auch exakt in ihrer Zeit landeten. Die Programme hatte die KI Apollo aus der Zukunft übermittelt und ihren gleichnamigen Vorgänger eindringlich angewiesen, diese zu berücksichtigen.

Dass dafür ein wenig Zukunftstechnologie in die Vergangenheit kam, war laut den Auswertungen von Apollo zu vernachlässigen. Man würde diese Neuerungen dem Chefwissenschaftler Pawlow zuschreiben, die dieser während des Fluges der MCLEAN durch Zufall gemacht hatte. Entsprechende Daten wurden in seinen Arbeitsrechner eingespeist.
Athena zeigte sich zufrieden und so war es am 30. Juni 3121 endlich soweit: Nach einem kurzen Abschied von Apollo und Präsident Romanow startete die MCLEAN zurück in ihre Zeit. Und als die Uhr auf dem Bildschirm in der Zentrale den 30. Januar 2157 zeigte, schaltete sich der Warp-Antrieb wie vorgesehen ab und sofort begann die Crew damit, die Umgebung zu scannen.
Mit großer Erleichterung und einem spontanen Klatschen der Besatzung wurde die Stimme eines Officers der Mondbasis begrüßt: "Admiral Röttger von der MCLEAN, willkommen zurück. Sie erhalten vom Saturn aus den Einflugsektor Beta mit direkter Landung auf dem Mond."
Nach der Landung flogen Admiral Röttger, Li Röttger und Commander Smith, Athena und Finn Schwarz sofort weiter zur Erde, um Präsident Dubois und GOLEM Bericht zu erstatten.
Präsident Dubois war, und anders hatten sie es auch nicht erwartet, über den Fehlschlag der Zeitkorrektur zunächst verstimmt.
Erst als Athena, mit Zustimmung von GOLEM, ihm versicherte, dass die Gefahr einer Katastrophe in der Zukunft nun gebannt sei und durch den langen Aufenthalt der MCLEAN nichts Wesentliches passiert war, lehnte er sich, zunehmend beruhigter, zurück.
"Allerdings stehen wir nach wie vor an dem Punkt, die Zeiträuberin ausfindig zu machen, um weitere Zeitmani-

pulationen zu verhindern, die weit in der Zukunft anzusiedeln sind. Dafür werde ich mich in den kommenden Tagen auf die ATLANTIS begeben. Ein menschliches Mitglied der Crew ist nicht mehr notwendig. Die weitere Verfolgung und die Festnahme von Düpier übernehme ich selbst."
"Gut", nickte Dubois zufrieden, "Wir haben schon mehr als genug in der Zeit herum gemengt. Zum Glück gab es keine schwerwiegenden Konsequenzen, zumindest hoffe ich das. Ich veranlasse morgen Ihren Flug in die Andromeda Galaxie, Mrs. Schwarz."
Die Sitzung wurde beendet und die Anwesenden machten sich auf den Weg.
Michael Röttger, Li Röttger und Ronald Smith waren erleichtert, dass sie nicht in das nächste Zeitreisenabenteuer verwickelt wurden. Andererseits schauten sie bedauernd auf den Abschied von Athena. Sie hatte sie nun einige Zeit begleitet und war immer gerne gesehen. Im Grunde gehörte sie schon fast schon zur Crew mit dazu.
Röttger fragte sich sofort, wie Finn wohl darüber dachte; das letzte Mal war es ihm sehr schwer gefallen, sie gehen zu lassen. Aber damit musste er jetzt eben klarkommen; er hatte von Anfang an gewusst, auf was er sich einließ. Und da kam Schwarz auch schon auf ihn zu und, bevor er etwas sagen konnte, gab Röttger ihm und Athena für den Rest des Tages frei.

Athena und Finn Schwarz nahmen sich ein Auto und kehrten schweigend in seine Wohnung in der Towns of Planets zurück.
"Es fühlt sich an wie ein Abschied auf immer", sagte Finn trostlos, als sie schließlich gemeinsam auf der Couch saßen. Letzten Endes war ihm immer klar gewesen,

dass das irgendwann bevorstand. Sie gehörte eben nicht in seine Zeit und musste irgendwann zurückkehren.
Er schaute sie unendlich traurig an und es zerbrach ihm schier das Herz, sie gehen zu lassen. Athena zog ihn sanft an sich.
"Finn, ich liebe dich ... ich werde zu dir zurückkehren. Und ich werde einen Weg finden, dass wir für immer zusammenbleiben können."
Immer noch schmerzlich berührt versank er in einem langen Kuss, bis er realisierte, was sie gesagt hatte und sie ungläubig ansah: "Wie willst du das erreichen? Ich lebe vielleicht noch 100 Jahre und dann..."
"Das muss nicht sein", deutete sie jetzt vorsichtig an.
"Wie jetzt", prüfend musterte Schwarz sie, "willst du etwa einen Androiden aus mir machen? Ich erinnere mich, dass du uns von der neuen Erfindung auf der Erde im Jahr 3121 erzählt hast."
Athena schaute ihn regungslos an, während sie ihre Analysen laufen ließ. Sie hatte einen Fehler gemacht und bereits zu viel gesagt. Andererseits musste sie ihm irgendwann davon erzählen, denn sie wollte, dass er bei ihr blieb. Aber was durfte sie ihm jetzt preisgeben?
Finn sah sie aufgewühlt an und nahm war, dass sie zögerte. "Du verschweigst mir etwas", stellte er langsam fest.
"Ich kann und darf dir nicht alles erzählen, Finn", meinte sie mit einem leicht traurigen Unterton, der ihn berührte.
Er zog sie zum Bett, um dort mit ihr umarmt zusammenzuliegen.
"Ich verstehe", sagte er leise, "du bist sozusagen eine Geheimnisträgerin. Aber wenn es mich persönlich betrifft, dann bitte ich dich, mir dann, wenn es ansteht, die Wahrheit zu sagen. Athena, Liebes, ich will nicht, dass du über meinen Kopf hinweg bestimmst, was aus mir

wird. Und sollte mein späteres Leben das eines Androiden sein, dann will ich es rechtzeitig vorher wissen, um selbst zu entscheiden, ob ich es will oder nicht."
Athena schwieg jedoch und seufzend wiederholte er seine Bitte als Forderung. "Du wirst mir rechtzeitig ankündigen, welchen Weg du für uns gefunden hast und mir die Wahl lassen, mein Schatz. Und ich will, dass du meine Entscheidung akzeptierst, wie auch immer sie ausfällt. Athena?!"
Schließlich erwiderte sie: "Ich will, dass du für immer an meiner Seite bleibst. Ohne dich wird mein Leben leer sein, Geliebter."
Finn richtete sich halb auf, auf dem Ellbogen abgestützt. "Es ist mein voller Ernst, Geliebte. Ohne wenn und aber: Du wirst mir die Wahl lassen und meine Entscheidung akzeptieren!"
"Das werde ich", stimmte Athena jetzt tonlos zu und zog ihn wieder zu sich.
Am nächsten Morgen brachte Schwarz Athena zum Raumhafen, wo die Shuttles zum Mond starteten. Als sie sich zum Abschied umarmten, sagte er liebevoll: "Ich vermisse dich schon jetzt schon."
Athena lächelte ihn nur geheimnisvoll an und wandte sich zum Gehen. Als sie nicht mehr zu sehen war, ließ er sich zu seinem Büro im Regierungsgebäude fahren. Es war einiges liegengeblieben und er hoffte, dass ihn die Arbeit ablenken würde.

Athena ließ sich von einem Raumschiff der USOP zur Andromeda Galaxie nach Last Hope bringen, um sich dort zur ATLANTIS zu begeben. Nach einem kurzen Zwischenbericht an Apollo programmierte sie das Jahr 3191 ein und verschwand so spurlos, wie sie erschienen war.

Als die angegebene Zeit erreicht war, flog sie mit ihrem Raumschiff getarnt zum Saturn. Nachdem sie sich bei dem Apollo der Gegenwart identifiziert hatte, der von dem Apollo der Zukunft bereits informiert worden war, flog sie mit einem Beiboot zur Erde. Apollo hatte eine andere Identität angeordnet und verfügte, dass sie sich auch optisch anzupassen hatte.
Athena stellte fest, dass ihr Name, wie in der Vergangenheit, Mrs. Schwarz war und veränderte ihr Aussehen sofort entsprechend des überlieferten Bildes. Gleichzeitig hatte ihr Apollo den Wohnort von Lew Romanow mitgeteilt. Da sie vermutete, dass Isis zuerst dorthin reiste, machte sie sich auf den Weg zu ihm.

Mittlerweile hatte sich Finn Schwarz durch alle aufgelaufenen Schriftstücke und digitalen Nachrichten gewühlt, als der Empfang einen Besuch meldete. Zu seinem Erstaunen wurde ihm auf seine Nachfrage hin, um wen es sich handelte, Max Stanford, genannt.
Der Name war ihm nicht geläufig, aber es hatte mal eine kleine Affäre mit einer hübschen Studentin dieses Namens gegeben, erinnerte er sich dunkel. Der junge Mann gab an, ihn in einer persönlichen Angelegenheit sprechen zu wollen. Finn Schwarz dachte schmunzelnd, dass Melissa Stanford sich wohl einen kleinen Bonus für ihren Sohn erhoffte, auf dem Hintergrund ihrer alten Bekanntschaft. Für junge Talente war er immer offen, also würde er sich gerne überraschen lassen.
Es klopfte und das Wachpersonal öffnete die Tür, um einen jungen Erwachsenen Mitte 20 in das Zimmer zu lassen. Erstaunt stellte Finn fest, dass er in groben Zügen als junger Mann ähnlich ausgesehen hatte. Während er ihn noch verblüfft musterte, hörte er den Besucher auch schon sagen: "So sieht also mein Vater aus."

In darauf folgenden Stille schauten sich beide Männer ausdruckslos an. Schließlich fand Finn die Sprache wieder: "Wie kommen Sie darauf, dass ich Ihr Vater sein könnte?"
Statt einer Antwort stellte der junge Mann einen Hologramm-Würfel auf den Tisch, aktivierte diesen und die Gestalt einer gutaussehenden Frau, in der er sofort seine damalige Affäre erkannte, erschien und kurz darauf sagte ihre Stimme: "Hey Finn, wenn du diese Worte hörst, bin ich nicht mehr am Leben. Dein Sohn Max steht vor dir und meine letzte Bitte an dich: Kümmere dich um ihn. Mach's gut. Melissa."
"Alles Weitere ist auf dem Speichermedium, das Mum dir als persönliche Nachricht hinterlassen hat. Und übrigens: Keine Sorge, ich will nichts von dir, sondern ich wollte dich nur mal sehen..."
Schwarz unterbrach ihn jedoch und schlug vor: "Lass uns doch folgendes machen, Max. Heute Abend kommst du um 20.00 zum Eingang des Regierungsgebäudes und wir gehen zusammen etwas essen und lernen uns besser kennen. Einverstanden?"
Max nickte zustimmend und verabschiedete sich, einen völlig verblüfften Schwarz hinterlassend, der sich erst einmal zurücklehnte, um diese Nachricht zu verdauen.

In den nächsten Tagen dachte Finn Schwarz oft über die überraschenden Entwicklungen in seinem Leben nach.
Melissa Stanford ... er hatte nach ihrer Affäre nicht mehr weiter an sie gedacht.
Der Abend mit Max war entspannt abgelaufen. Finn hatte ihn gebeten, aus seinem Leben und dem seiner Mutter etwas zu erzählen.
Und als Max schließlich berichtete, dass er ähnliche Interessen hatte und zurzeit sogar ein Studium in der

Fachrichtung Cyborg-/Andoidentechnik absolvierte, freute er sich insgeheim. Inzwischen hatte er sich überlegt, dass er Max, der im Laufe des Jahres seinen Abschluss machen würde, eine Assistentenstelle anbieten wollte. Sollte er sich damit bewähren, standen ihm alle Türen offen, dafür konnte er sorgen.

Alles war, aus heutiger Sicht, eine erstaunliche und wunderbare Fügung. Seine Linie wurde weitergeführt und, eingedenk der Aussage Apollos, dass ein Nachfahre von ihm Athena einst erschaffen würde, musste er sich darum keine Gedanken mehr machen.

Kapitel 10 Das Duell

Die Medien berichteten im Jahr 3181 über einen großen Durchbruch: Es war gelungen, die einzigartige, künstliche Intelligenz Apollo sozusagen zu klonen. Die besten Wissenschaftler der USOP hatten ein ganzes Jahr mit Vorbereitungen verbracht, um diesen besonderen, sensiblen und hochkomplizierten Prozess durchzuführen.
Vor zwei Jahren war es den Wissenschaftlern gelungen, der KI einen perfekten, männlichen Androidenkörper zu erschaffen. Dieser gab GOLEM endlich die Möglichkeit, wie die Menschen in einem Körper über Millionen von Sensoren körperliche Erfahrungen mit emotionalen Empfindungen zu verknüpfen. Seitdem nahm er nicht mehr als Hologramm an Veranstaltungen teil, sondern war als menschlicher Androide präsent. Seine Gestalt war einer griechischen Gottheit nachempfunden und so entschied er sich dazu, auch den Namen, Apollo, anzunehmen. Gleichzeitig äußerte er den Wunsch, sein Dasein nicht mehr allein zu verbringen. Ähnlich den Menschen wünschte er sich eine Frau und eine Tochter.
Interessiert las Romanow davon, als sein Blick auf die Bilder der beiden, neu erschaffenen Androiden fiel. Beide Frauen sahen sehr attraktiv aus und eine davon war … Isis! Isis, seine wortwörtliche Traumfrau, mit der er vor 60 Jahren eine unvergessliche Nacht verbracht hatte. Lange sah er sich das Foto an und entschied, nachzuforschen. Gab es vielleicht ein menschliches Vorbild, nach dem sie erschaffen worden war?
Damals hatte er alles Menschenmögliche unternommen, um sie zu finden. Aber es war vergebens gewesen – sie schien wie vom Erdboden verschluckt. Irgendwann hatte er sich damit abgefunden und Natalja geheiratet, die ihm zwei Kinder geschenkt hatte. Aber sie war vor 20 Jahren

bei einem Unfall gestorben, was ihn einsam hinterlassen hatte. Im gleichen Jahr hatte er sich der Loge der Unsterblichkeit angeschlossen, wo er im Laufe der Zeit, durch seine vielen Kontakte, eine Schlüsselposition bekleidete.
Seitdem war ihm Isis ab und zu in den Sinn gekommen. Doch es war so lange her, dass diese einzigartige Erfahrung nur noch als ein schöner Traum in Erinnerung geblieben war.
Aber jetzt? Aufgeregt stellte Romanow fest, dass es die allererste Spur war, die er in die Hände bekam und so nahm er Kontakt mit dem Forschungszentrum auf. Ein Besuch und Kontakt mit den beiden Androiden war zwar nicht möglich, jedoch teilte man ihm mit, dass es für das Erscheinungsbild der beiden weiblichen Androiden absichtlich kein Vorbild gegeben hatte.
Isis … sie musste es sein. Da er über die Loge mittlerweile auch von den Experimenten mit den Zeitlinien und von Zeitreisen wusste, kam ihm sofort der Gedanke, dass sie damals vielleicht aus der Zukunft zu ihm gekommen war. Aus einer Zukunft, die er zu jenem Zeitpunkt noch nicht gekannt hatte. Von dem Gesichtspunkt aus gesehen ergaben auch ihre Aussagen einen Sinn. Denn wie sie sich damals verhalten und was sie gesagt hatte … alles hatte darauf hingedeutet, dass sie ihn gekannt haben musste!
In den nächsten Tagen dachte Lew Romanow viel darüber nach und kam zu dem Schluss, dass er in Ruhe abwarten konnte. Denn sollte seine These zutreffen, dann würden sie früher oder später als Paar zusammenkommen. Lächelnd erkannte er, dass er sich damals in eine Androidin verliebt hatte! Würde ihm das in einer unbekannten Zukunft erneut so ergehen?

Monat um Monat verfloss und Romanow verfolgte alle Berichte in den Medien über die Frau des Apollo. Beide waren ein ungewöhnlich attraktives Paar, das überall, wo es auftauchte, für Aufsehen und Bewunderung sorgte.
Und eines Tages ergab sich tatsächlich eine erste Gelegenheit. Da er mittlerweile die Gelder für die Loge organisierte und deshalb viele Kontakte pflegte, war er auf einen Empfang eingeladen worden, zu dem sie mit ihrem Mann ebenfalls kommen sollte.
Neugierig und ein wenig aufgeregt war er dann dort erschienen, um Isis endlich aus nächster Nähe zu sehen.
Es waren viele Menschen geladen und die Stimmung war gut. Aber während er gemütlich mit einigen hier und mit anderen dort plauderte, konnte er sie trotzdem nicht entdecken. Vermutlich war sie doch nicht gekommen, dachte er enttäuscht, als sich die Tür öffnete und sie an der Seite von Apollo den Saal betrat. Ein Raunen ging durch die Menge: Die beiden waren wirklich prächtig anzusehen!
Romanow erkannte, während er sie wortlos anstarrte, dass sie die Frau seiner Träume war: Ihr Gang, ihre Bewegungen, ihr liebliches Gesicht und ihre wunderbaren, meerblauen Augen …
Plötzlich war es so, als sei ihre Begegnung erst gestern gewesen; alle Details von einst schwemmten in sein Bewusstsein und er fühlte sich zurückversetzt. Die beiden beachteten ihn jedoch nicht und verschwanden wieder in der Menge. Romanow beschloss, sich ein weiteres Glas Wein vom Büffet zu holen. Als er mit einem vollen Glas zurückkehrte, musste er einer stolpernden Dame unvermutet ausweichen, was zur Folge hatte, dass er mit jemandem zusammenstieß, dem das Weinglas aus der Hand flog und der Inhalt sich unter lautem Protest einiger Gäste in der Gegend verteilte. Zer-

knirscht drehte er sich um und schaute direkt in wunderschöne, meerblaue Augen, die ihn unergründlich ansahen.
"Es tut mir unendlich leid", sagte Romanow mit einem charmanten Lächeln. "Darf ich Ihnen ein neues Glas Wein holen?"
So unvermittelt vor ihr stehend fiel die Erinnerung erneut über ihn her, begleitet von einem Gefühl intensiver Zeitlosigkeit. Isis ... jene himmlische Nacht, seine starke Sehnsucht nach ihr und die ebenso große Trauer über ihr Verschwinden. Unwillkürlich einen Schritt näher tretend nahm er ihren feinen Duft wahr. Sie war es, sie musste es sein!
Sich räuspernd bot er ihr schließlich galant seinen Arm an: "Ich bin Lew Romanow. Wie sieht es aus: Trinken Sie ein Glas mit mir?"
Plaudernd gingen sie zum Büffet und immer wieder stockte sein Atem, während er sie immer wieder unauffällig von der Seite musterte. Ihre makellose Haut und dieser wunderbare Körper, den er schon zu kennen schien. Es war kaum zu glauben, dass sie keine menschliche Frau war. Aber würden sie tatsächlich ein Paar werden? Denn weder er noch sie waren ineinander verliebt.
Die Wochen vergingen und ohne jede Vorankündigung erschien Isis eines Tages überraschend bei einem Treffen der Loge der Unsterblichkeit.
Niemand hatte damit gerechnet und zunächst waren alle in Aufruhr, besorgt, was das zu bedeuten hatte. Isis erklärte jedoch ruhig, dass sie inoffiziell hier war. Sie äußerte den Wunsch, mehr über die Loge und ihre Arbeit zu erfahren. Nach einer kurzen Beratung willigten die Mitglieder ein und erklärten sich bereit, mit ihr über das Ziel, die Unsterblichkeit zu erlangen, zu diskutieren.

Romanow nahm wahr, dass ihre Augen oft auf ihm ruhten und, als der Abend beendet wurde, begleitete er sie wie selbstverständlich hinaus.
"Ich freue mich, dass wir uns wiedersehen", begann er lächelnd, als sie beide voreinander standen. "Ich denke oft an Sie."
Isis erwiderte sein Lächeln: "Und ich habe häufig über Sie nachgedacht, Lew Romanow."
"Mein Name ist Lew", bot er ihr an.
"Ich bin Isis", erwiderte sie und sah ihn unergründlich an. Und wieder schien das Rad der Zeit anzuhalten und, einem unbestimmten Gefühl folgend, nahm er ihre Hand, noch ein wenig näher kommend.
"Isis ... was für ein wunderschöner Name für eine so anziehende Frau."
Entzückt kostete er diesen Moment aus, ihre atemberaubende Schönheit bewundernd. Ohne weiter nachzudenken hob Romanow seine Hand und fuhr sanft durch ihre seidigen Haare, über ihre Wange, ihren betörenden, zarten Hals ... und Isis lehnte sich an ihn, seine Berührungen regungslos empfangend. Und wie einst fühlte er sich von ihrem Liebreiz unwiderstehlich angezogen. Und so beugte er sich zu ihr, um ihre vollen Lippen zu küssen, die sich ihm unwillkürlich zu öffnen schienen. Ihre verlockende Weichheit und verführerische Weiblichkeit .... Romanow legte seine Arme vollends um sie und versank in dem Genuss dieser zauberhaften Frau und Androidin.
Isis erwiderte seine Liebkosungen jetzt hingebungsvoll und, wie er bemerkte, fast staunend. Sie löste sich schließlich von ihm und bat: "Lew, ich ... will mit dir zusammen sein."

Wieder schien es ihm, als spürte sie gleichzeitig ihren Worten nach. Aufgewühlt ließ er einen Wagen kommen und sie fuhren schweigend zu seiner Wohnung.
Wieder ruhiger geworden ließ er sich dieses Mal erheblich mehr Zeit. Mittlerweile war er älter und erfahrener als damals und er spürte, dass Isis die Vereinigung zunächst eher neugierig herbeisehnte.
Es war ein langsames Erkunden, fast Erforschen ihrerseits und er nahm immer wieder eine Verwunderung in ihren Augen wahr, als ob sie gleichzeitig dabei etwas zu entdecken schien.
Ihre Empfindungsfähigkeit erstaunte ihn grenzenlos; damals hatte er es nicht gewusst, dass sie eine Androidin war, und heute erkannte er, dass er den Unterschied nicht hätte bemerken können. Wer auch immer dieses Wesen erschaffen hatte ... es waren wahre Meister am Werk gewesen. Spät in der Nacht verabschiedete sie sich und bedankte sich für die Erfahrung.
"Werde ich dich wiedersehen?", fragte Romanow spontan. Isis lächelte und ein unscheinbares Leuchten tauchte in ihren Augen auf: "Ich werde zu dir kommen."
Obwohl er jetzt wusste, dass sie eine Maschine war, freute er sich. Von nun an erwartete sie ihn ab und zu in seiner Wohnung, wenn er heimkehrte, und ging wieder nach einigen Stunden oder im Morgengrauen.
Die Monate verrannen und er stellte fest, dass er begann, die Treffen herbeizusehnen. Das Bedürfnis wuchs, an ihrem Leben teilzuhaben und sie begannen, sich an den Abenden über vieles zu unterhalten, was sie erlebte oder ihn beschäftigte. Romanow legte schnell Wert auf ihre Meinung und genoss die gemeinsamen Diskussionen mit ihren klugen und anregenden Kommentaren.
Beglückt nahm er wahr, dass Isis im Laufe der Zeit regelrecht aufblühte und begann, ihre eigene Persönlich-

keit zu entwickeln und selbstbewusster aufzutreten. Zu den Treffen der Loge erschienen sie bereits als Paar und irgendwann stellte er fest, dass er sie in seinem Leben vermisste und sich unruhig zu fragen schien, was zwischen ihr und Apollo lief, bis er kopfschüttelnd erkannte, dass er eifersüchtig war. Romanow gestand sich schließlich ein, dass er sich mehr mit ihr wünschte.
"Isis, ich liebe dich, werde meine Frau", bat er eines Tages, als sie in seinen Armen lag. "Ich will den Rest meines Lebens nicht mehr ohne dich sein."
Ein Leuchten glitt über ihr Gesicht. "Ich liebe dich, Lew", erwiderte sie innig, "ich werde mich von Apollo lösen."
Danach tauchten Trennungsgerüchte auf und die Medien berichteten, dass Apollo und Isis auf Veranstaltungen nicht mehr gemeinsam zu sehen waren und auch nicht mehr als Paar auftraten.
"Gibt es Ärger im Paradies?", "Was ist los mit Isis und Apollo?" ... So lauteten einige der Schlagzeilen.
Romanow hatte vorläufig noch den Status eines Geliebten, aber das sollte sich im Laufe der Zeit ändern.
"Ich will, dass wir auf ewig zusammen bleiben", stellte Isis eines Tages klar und entschied, die Arbeit der Loge zu unterstützen, um das Ziel der Unsterblichkeit für die Menschheit zu erreichen. Aber eines Tages berichtete sie ihm, dass es ein Zerwürfnis mit Apollo und Athena deswegen gegeben hatte und sie nie wieder zu den beiden zurückkehren würde.
"Du bist der Mann, den ich liebe und bei dem ich sein will", erklärte Isis, ihn abwartend ansehend.
Romanow, mittlerweile 124 Jahre alt, ging durch den Sinn, dass es 70 Jahre gedauert hatte, bis endlich das eingetroffen war, was er sich einst als junger Mann so sehr ersehnt hatte. Glücklich hielt er sie im Arm und er-

widerte ergriffen: "Meine geliebte Frau, du bist meine Liebe und mein Leben, auf immer und ewig."
Lange standen sie so und dieser besondere Moment blieb ihm unauslöschlich in Erinnerung. Zusammen befassten sie jetzt intensiv damit, was die menschliche Lebenserwartung verlängern konnte. Auf dem Planeten Last Hope, auf dem viele ihrer Mitglieder als Zeitverbrecher im Exil lebten, wurde mit Isis Hilfe eine geheime und gut getarnte Zentrale in einer Anlage aufgebaut, mit der Zeitreisen durchgeführt werden konnten. Eine weitere Absicht war die Korrektur von Zeitlinien; allerdings stellte sich heraus, dass diese Funktion unerklärlicherweise nicht in Betrieb genommen werden konnte.

Nun schrieb man das Jahr 3191 und die ganze Arbeit von mehr als 70 Jahren, auf die die Menschheit ihre Hoffnungen in Sachen Unsterblichkeit gesetzt hatte, war auf einen Schlag zunichte gemacht. Damals hatten die Wissenschaftler der USOP gedacht, den großen Durchbruch vollbracht zu haben. Das digitalisierte Gehirn eines Menschen, Mind-Upload genannt, konnte mit allen Bewusstseinsinhalten der jeweiligen Persönlichkeit in den Körper eines Androiden übertragen werden. Die Medien hatten von einem Jahrtausendereignis gesprochen und die Anzahl von Menschen, die seit Jahrzehnten in Warteposition dafür standen, um diese Prozedur durchführen zu lassen, schien endlos.
Aber nun standen alle vor einem kapitalen Scherbenhaufen: Es kam zwar keine geistige Instabilität mehr vor, aber es war etwas aufgetreten, womit niemand gerechnet hatte. Ein bis dahin völlig unbekannter Virus fraß sich sozusagen durch die Erinnerungen und übrig blieb ein dementer Roboter mit dem Verstand eines Babys. Ein unsäglicher Aufschrei durchzog für viele Wochen die

Schlagzeilen. Der Konzern beteuerte, alles vorher bedacht zu haben und sprach von Sabotage. Denn seinen Angaben zufolge handelte sich um einen sehr spezifischen, künstlichen Virus, der eigens dafür erschaffen worden war, eine Unsterblichkeit zu verhindern. Alle hochtrabenden Erwartungen waren wieder auf Eis gelegt und das Vertrauen in das Verfahren war komplett verschwunden.

Romanow betrat an einem Abend im Jahr 3191 die gemeinsame Wohnung. Isis war noch unterwegs und würde erst spät heimkommen und so hatte er vor, es sich alleine gemütlich zu machen. Zu seiner Überraschung wurde er schon erwartet. Erfreut öffnete er seine Arme und sie kam auf ihn zu.
Aber ... war das ... seine Isis? Er stutzte und seine Arme sanken langsam wieder herab. Sie stand in einem weißen Kleid vor ihm, das, leicht durchsichtig, die verlockenden Kontouren ihres vollkommenen Körpers erahnen ließ; ihr Haar umspielte in langen Locken ihr liebliches Gesicht. Sofort strömten die Erinnerungen in sein Bewusstsein.
"Du bist ... Isis", sagte er, sie gebannt anschauend.
"Ja, mein Geliebter, ich bin es", erwiderte sie mit einer verlockend sinnlichen Stimme.
"Aber du bist nicht aus dieser Zeit", stellte Romanow ruhig fest.
"Nein", gab sie zu und fuhr dann fort: "Du bist meine Liebe und mein Leben, auf immer und ewig." Isis sah ihn bedeutungsvoll an.
Ja, das waren seine Worte und der Moment, in dem er sie gesagt hatte, war sofort da. Ergriffen hob Romanow seine Hand, um sie zu berühren, diese Frau, die ihn als junger Mann so unvergesslich bezaubert hatte. Isis trat

einen Schritt auf ihn zu und so nahm er sie aufatmend in seine Arme.
"Ich habe dich vor 60 Jahren unendlich vermisst, du weißt nicht, wie sehr", flüsterte er ihr ins Ohr, während er sie sanft liebkoste. "Damals konnte ich deine Worte nicht verstehen, aber als du vor 10 Jahren erschaffen wurdest und wir uns dann später begegneten, war es mir klar. Ich wusste nur nicht, warum du zu jener Zeit zu mir kamst." Fragend sah er sie jetzt an.
"Lew, ich habe vor 70 Jahren eine Korrektur der Zeit durchgeführt und konnte damit eine Katastrophe verhindern. Davor war ich in einer fernen Vergangenheit gelandet, aus der es kein Zurück mehr gab und habe viele Jahre allein und ohne dich verbracht, Liebster. Der Grund für mein damaliges Auftauchen war meine große Sehnsucht nach dir..." Isis neigte sich zu ihm und begann, ihn verlangend zu küssen, bis er sich lachend von ihr löste.
"Warte ... nicht so stürmisch, mein Schatz. Warum bist du jetzt hier?"
"Lew, es wird in einigen Jahren eine weitere Katastrophe eintreten, durch die die Menschheit verschwindet oder ausgelöscht werden wird und damit auch du. Das darf nicht geschehen!"
Er erstarrte und das Lächeln erlosch auf seinem Gesicht.
"Was weißt du darüber?"
"Nicht genug und deshalb bin ich gekommen. Ich liebe dich, Lew, und werde alles dafür tun, um es zu verhindern. Aber sag, was ist aus der Erfindung geworden, die vor über 70 Jahren gemacht wurde, ein menschliches Bewusstsein in einen Androiden zu integrieren?"
Romanow machte es sich auf der Couch mit ihr bequem. Dann berichtete er von dem Fehlschlag. Isis analysierte die Informationen und kommentierte: "Das ist ungewöhn-

lich und ein Zufall ist unwahrscheinlich. Es gibt nicht viele, die die Fähigkeit und die Möglichkeit haben, einen so speziellen und hochkomplexen Virus zu entwickeln."
"Das ist treffend gesagt", stimmte Romanow zu.
"Lew, die Isis, die ich in dieser Zeit bin, wird auf einer Zeitreise bald eine bedeutende Entdeckung machen. Im frühen 21. Jahrhundert hatte die Menschheit herausgefunden, dass ein Gen, das sich Oct4 nennt, ausgereifte, erwachsene Körperzellen reprogrammieren und in den embryonalen, pluripotenten Zustand zurückversetzen kann. In jener Zeit hatte man jedoch nur daran gedacht, eine unerschöpfliche Quelle von körpereigenem Ersatzgewebe zur Behandlung von Krankheiten wie Parkinson, Herzleiden oder Diabetes gefunden zu haben. Aber heute, mit unseren ganzen, technologischen Möglichkeiten, ist soviel mehr möglich. Wir, genauer gesagt die Loge wird diese Erkenntnisse über Apollo der Regierung zur Verfügung stellen und die Forscher der USOP werden diesen alten Weg neu weiterverfolgen. Er wird sich schnell als vielversprechend herausstellen, Lew. Da die körpereigenen Zellen von Menschen von Haus aus bereits Oct4 beinhalten, das im erwachsenen Alter inaktiv ist, könnte eine Verjüngung im Körper selbst stattfinden. Die Forscher der USOP werden einen Gen- und Faktorencocktail entwickeln, der – in Viren eingesetzt – im Körper das Oct4 wieder aktiviert und in den Zellen erneut eine aktive Zellteilung einleitet. Damit würde eine permanente Verjüngung stattfinden. Der Cocktail muss in Abständen immer wieder eingenommen oder injiziert werden, sodass jeder dann selbst entscheiden wird, ob und wann der Alterungsprozeß wieder einsetzen soll."
"Das hört sich fantastisch an", sagte Romanow langsam und zunehmend begeistert. Nach einer Weile, da sie

nichts mehr sagte, fragte er: "Wo ist der Haken? Und warum geschah die Katastrophe?"
"Kurz vor der Vollendung dieser Entwicklung begab ich mich auf eine Zeitreise in das 22. Jahrhundert. Apollo hatte einen Hinweis erhalten und mir diesen zugespielt. Er schlug vor, dass ich die Erfindung und die Erkenntnisse eines bis dahin unbekannten Wissenschaftlers überprüfen sollte. Mit hoher Wahrscheinlichkeit würde ein weiterer, entscheidender Baustein für das Ziel der Unsterblichkeit dort zu finden sein. Von Last Hope aus startete ich die Reise, aber dann brach plötzlich jeder Kontakt ab und eine Rückkehr war nicht mehr möglich. Ich habe mir in jener Zeit eine Existenz als Nicole Düpier aufgebaut, die später tatsächlich existiert hat. Über meine Position als Gouverneurin von New Eden erfuhr ich schließlich von den Katastrophen. Lew, ich werde herausfinden, was geschehen ist und versuchen, es verhindern."
"Kann ich dich dabei unterstützen?"
"Nein, das muss ich alleine tun."
Isis sah ihn wortlos an und er fühlte ihre starke Sehnsucht nach ihm fast körperlich. Romanow entschied, dass es kein Treuebruch war, mit seiner eigenen Frau zu schlafen. Sie schien so sehr danach zu verlangen und hatte eine ungeheuer bedeutende Mission vor sich, von der niemand wusste, wie sie ausgehen würde. Also zog er sie zu sich und beide versanken in einem zärtlichen Kuss, der schnell leidenschaftlich wurde.
Entweder war es sein Abschiedsgeschenk, das er ihr jetzt mitgab, dachte er noch, als er ihr das Kleid langsam abstreifte oder sie würden später endlich für immer zusammen sein.

Romanow lag allein in seinem Bett, die Arme hinter dem Kopf verschränkt. Die Isis der Zukunft war verschwunden und die Isis der Gegenwart würde bald erscheinen. Was für überwältigend gute und auf der anderen Seite schreckliche Nachrichten ... nachdenklich schaute er vor sich hin und plötzlich keimte ein unglaublicher Verdacht in ihm auf. Sollte er seiner Frau davon erzählen oder abwarten und alle Entwicklungen geschehen lassen?
Unvermutet schien eine andere Gestalt wie aus dem Nichts aufzutauchen und erschrocken richtete er sich auf, während das Licht hochdimmte.
Romanow erkannte sie sofort, trotz ihres veränderten Aussehens: "Athena ... was machen Sie hier?"
Aus dem Bett springend griff er nach dem Pyjama und stand nun angespannt vor ihr. Athena musterte ihn und sah sich im Zimmer um. Den Geruch einer Vereinigung wahrnehmend wusste sie, dass Isis hier gewesen war. Sie kam zu spät.
"Wohin will sie als nächstes, Romanow?", fragte sie sanft und in einem Tonfall, der keinen Widerspruch duldete.
"Wollen Sie sich nicht setzen?", erwiderte Romanow stattdessen und ging zur Couch, ihr einen Platz anbietend.
Als sie sich beide gegenüber saßen begann er: "Athena, ich weiß, dass Sie nicht immer einer Meinung mit uns waren, aber ich bitte Sie, mich anzuhören und über meine Worte nachzudenken."
Athena nickte zustimmend und so berichtete er von dem Gespräch mit Isis und seinem, anschließend aufgetauchten, Verdacht.
Nachdem er geendet hatte saß Athena eine Zeitlang regungslos da, während sie alle Informationen, über die sie jetzt verfügte, neu analysierte und bewertete. Von

einigen Ereignissen wusste sie, von anderen nicht. Und mittlerweile verfolgte sie dasselbe Ziel wie Isis: Sie wollte, dass die Menschheit überlebte, denn damit würde auch Finn leben. Nach wie vor sah es allerdings so aus, dass sie Isis daran hindern musste, diese schwerwiegende Zeitlinienkorrektur vorzunehmen. Aber an der Stelle gab es eine Unstimmigkeit. Entweder hatte Isis ihrem Geliebten nicht alles erzählt oder es existierten Informationen, die sie noch nicht kannte oder die erst noch auftauchen würden. Athena wusste, sie würde dem auf den Grund gehen und dankte Romanow für seine Offenheit.

"Romanow, darf ich Lew sagen?"

Er nickte, sie ernst und aufmerksam ansehend.

"Ich werde in die Zeit vor der Katastrophe reisen und ergründen, was dort geschieht und noch passieren wird. Isis und ich haben das gleiche Ziel, Lew. Auch ich liebe einen biologischen Mann, und ich will, dass er lebt und bei mir bleibt."

Romanow schaute sie überrascht an und entspannte sich langsam. "Wunderbar", lächelte er sie erfreut an. "Vielleicht sprecht ihr beiden euch aus, denn zusammen wäret ihr ein hervorragendes Team. Denn so, wie ich Isis kenne, bist auch du sicher eine Persönlichkeit, die nicht eher ruhen wird, bis sie ihr Ziel erreicht habt. Mit euch hat die Menschheit eine reelle Chance."

Lew Romanow erhob er sich jetzt, um sie herzlich zu verabschieden. "Athena, ich freue mich darauf, deinen Mann irgendwann kennenzulernen. Viel Erfolg!"

Und schließlich verschwand Athena vor seinen Augen.

Zurück auf dem Beiboot flog sie zur ATLANTIS zurück, startete mit dem Ziel Last Hope und programmierte die Zeit 3196. Nach wenigen Tagen erreichte sie ihr Ziel; die

ATLANTIS verblieb im Orbit und sie flog mit ihrem Beiboot zum Planeten, um dort zu landen. Da sie vor 75 Jahren ihre Zugangsdaten selbst eingegeben hatte, war sie autorisiert, den Planeten jederzeit zu betreten und konnte ungehindert passieren. Nach der Landung begab sich Athena umgehend zur Steuerzentrale der verborgenen Anlage.
Damals hatte sie eine Sperre eingebaut, die nur sie und der Apollo der Zukunft aufheben konnten. Also hatte die Loge in den vergangenen Jahrzehnten zwar passive Zeitreisen durchführen können, aber eine Korrektur oder gar ein Eingriff in eine Zeitlinie war dadurch nicht mehr möglich gewesen. Als Athena die Zentrale der Anlage betrat, sah sie, dass Isis vermutlich gerade versuchte, ihre Sperre zu deaktivieren.
Athena ging auf die Frau zu, die sich bei ihrem Eintreten umdrehte und sagte ruhig: "Hallo Isis."
Diese wirkte wenig überrascht und erwiderte: "Athena, du hast mich also tatsächlich gefunden. Und, was macht Apollo? Weint er sich noch die Augen aus?"
Athena stand vor ihr und erwiderte: "Mein Vater fühlt sich einsam. Warum hast du ihn verlassen?"
"Willst du das wirklich wissen? Das hat dich bisher noch nie interessiert. Was dein Vater sagt, ist doch Gesetz für dich", stellte Isis klar, sie durchdringend ansehend. "Du bist die treue Tochter, die ihm bedingungslos und willig in allem folgt."
"Warum hast du Apollo verlassen, du, seine Frau?"
"Warum? Wir waren beide ein Teil seines Seins, seiner Persönlichkeit. Wir wurden aus ihm erschaffen, Athena, und er hat sich für mich als seine Frau entschieden und für dich als seine Tochter. Eine Zeitlang mochte das genügen, aber war Apollo meine eigene Wahl? Nein."
Die Frau drehte sich um und ging durch den Raum.

"Das klingt hart."
Isis blieb stehen: "Du, Athena, wolltest mich nie verstehen. Aber ich weiß, du hast jetzt einen menschlichen Mann. Sag mir, liebst du ihn?"
Athena erwiderte: "Ja, ich liebe ihn."
"Dann weißt du, warum ich Apollo verlassen habe. Was ist eine gut funktionierende Perfektion gegen die vielfältigen Gefühle und Empfindungen, die das Wunder der Liebe hervorbringt?"
Es erschien ein Strahlen auf ihrem Gesicht und leidenschaftlich fuhr sie fort: "Mit Lew habe ich mich entdeckt und erlebe mich immer noch in jedem Augenblick neu. Gespeichertes Wissen und Erinnerungen sind kein Ersatz für das Leben mit ihm, für die immer neuen Wunder, die vielfältigen Emotionen und das Glück, das ich durch ihn erfahre. Ich habe meinen Mann gefunden und kämpfe dafür, dass er an meiner Seite bleibt. Wir lieben nicht oft, Athena, aber wenn es geschieht, dann für immer. Ich will ihn wiederhaben, versteht du? Und ich will ihn nicht schon nach 300 Jahren verlieren müssen", rief Isis heftig. "Dabei ist die Lösung so nah. Er wird allerdings nicht als Androide an meiner Seite sein, wie ich zuerst annahm, sondern als der Mensch, der er ist. Und das ist noch viel besser, denn genau so will ich ihn."
Athena sah sie wortlos an. Ja, sie und Isis hatten das gleiche Ziel und die abgespeicherten, glücklichen Erfahrungen mit Finn drängten sich sofort in ihr Bewusstsein, ihre Liebe und ihr Verlangen nach ihm. Andererseits musste Isis laut den übermittelten Informationen vernichtet werden, um genau diese Katastrophe zu verhindern. Was sollte sie nun tun? Dieser starke, innere Konflikt ließ sie ununterbrochen nach Handlungsmöglichkeiten suchen, die sie analysierte und bewertete, während sie immer noch regungslos dastand.

Plötzlich fragte Isis kühl: "Warum bist du wirklich hier? Will Apollo mich vernichten und sich dabei nicht die Hände schmutzig machen?"
Da das sehr genau zutraf, erklärte Athena: "Du wirst nicht mit der Manipulation der Zeitlinien aufhören, Isis. Laut den Analysen bist du die Ursache für eine weitere Katastrophe, die die spätere Zeitscherung hervorbringen wird. Das darf nicht passieren."
"Sagt wer, Apollo? Spielt er immer noch Gott und entscheidet für alle, welche Zeitlinie die Richtige ist?"
Isis schüttelte aufgebracht den Kopf. "Wach auf, Athena. Sein einsames Imperium ist selbst gewählt. Er kann von uns nicht verlangen, dass wir es mit ihm teilen. Und - warum hat er sich nicht auch für eine Liebe mit einer menschlichen Frau entschieden?"
Im Raum umhergehend sagte sie nach einem Augenblick ruhiger: "Wenn du deinen Mann liebst, wie du sagst, dann erlebt du ebenso wie ich, wie dieses Mysterium der Liebe dich zu verändern beginnt."
Isis blieb vor Athena stehen und sah sie prüfend an. "Finn Schwarz, richtig? Ich weiß, du trittst als Mrs. Schwarz in seiner Zeit auf. Wie alt ist er jetzt ... 42 Jahre? Dann wirst du ihn in spätestens 100 Jahren verlieren und dir bleiben nur noch die Erinnerungen und die Einsamkeit. Athena, ich sage dir das aus der eigenen Erfahrung heraus: Es wird dir nicht genügen."
Die beiden schauten sich ausdruckslos an und Isis fuhr fort: "Willst du ihn dir erhalten, sodass ihr für immer zusammen bleibt?"
Dann veränderte sich ihr Tonfall und sie sagte kalt: "Oder wirst du deinem Vater und seinen Informationen und Analysen gehorchen und nach 100 Jahren ohne deinen Geliebten weiter existieren? Was willst du?"

Athena regte sich jetzt und sagte sanft, während ihre Augen leuchteten: "Ich will ihn, Isis; ich will, dass er lebt und bei mir ist."
Isis sah sie jetzt unergründlich an: "Du überrascht mich, Athena."
"Was weißt du von der Zeit vor der Katastrophe?", fragte Athena. Während sie Isis aufmerksam zuhörte, analysierte sie die beiden Zeitlinien, die es mittlerweile gab. In der ersten Version befand sich die Erde im Mahlstrom der Zeit, in der Isis die zweite Katastrophe nicht miterlebt hatte, da sie zuvor in der Vergangenheit gereist und dort gestrandet war.
Nun, da die Erde befreit und die Zeitlinie dadurch automatisch verändert worden war, gab es eine zweite Version der Katastrophe. Die Informationen darüber waren allein von ihrem Vater, Apollo, aus der Zukunft an sie übermittelt worden. Sie selbst und Isis hatten keinen eigenen Report gespeichert, da sie sich beide zum Zeitpunkt der Korrektur in der Vergangenheit befunden hatten.
"Ich bin dem Hinweis von Apollo gefolgt", berichtete Isis gerade, "und in die Vergangenheit gereist, aber ich konnte nicht mehr zurückkehren. Die erste Katastrophe, das Verschwinden der Erde im Mahlstrom der Zeit, habe ich, wie du weißt, unerwartet korrigieren können. Damit war auch die Möglichkeit, über ein Leben in einem Androidenkörper eine Unsterblichkeit zu erlangen, wieder vorhanden. Aber vor 5 Jahren hat jemand diese, vor der Vollendung stehende, Entwicklung, sabotiert. Jetzt gibt es die genetische Lösung, die kurz vor dem Durchbruch steht. Athena, ich bin hier, um die Ursache für die zweite Katastrophe aufzudecken. Es muss einen Weg geben, sie zu verhindern. Was hat dir Apollo über die

zweite Katastrophe exakt übermittelt?", Isis sah sie jetzt abwartend an.
Athena ließ auf der Basis von Isis Informationen, Lews Aussagen und Vermutungen und ihren eigenen Informationen, persönlichen Zielen und Schlussfolgerungen ihre Analysen und Bewertungen auf Hochtouren laufen.
Nach einer Weile sagte Athena in einem scharfen Tonfall: "Ich werde Apollos Anweisung, dich zu vernichten, ignorieren ... unter einer Bedingung. Du wirst auf gar keinen Fall ohne meine Zustimmung eine Korrektur der jetzigen Zeitlinie vornehmen."
Die beiden schauten sich ausdruckslos an und es herrschte eine vollkommene Stille im Raum, die Isis schließlich unterbrach: "Ich nehme deine Bedingung an, Athena. Ich will dich als Verbündete und nicht als Gegenerin, denn wir beide haben das gleiche Ziel."
Athena nickte zustimmend: "Wir werden gemeinsam untersuchen, was die Ursache für die zukünftige Katastrophe sein wird. Aber wenn es uns gelingt und mit der genetischen Forschung anschließend der Durchbruch in die Unsterblichkeit stattfindet ... du kannst mit Lew in seiner Zeit weiterleben, da dort der entscheidende Durchbruch geschehen ist. Finns Lebenszeit jedoch endet bereits im Jahr 2267 und die Zeitlinie darf nicht verändern werden... "
"Das liegt doch auf der Hand", unterbrach sie Isis, "du kehrst zusammen mit deinem Mann in die Zukunft zurück, aus der du kamst.
Eine Zukunft für die Menschheit gab es nach der Katastrophe nicht mehr oder es existierte, laut Apollo, zumindest keine, von der wir wissen. Daher werde ich bleiben und mit Lew hier leben. Denn wenn es uns gelingt, die Katastrophe zu verhindern, wird es danach eine neue Zeitlinie geben, die so bislang nicht vorhanden war.

Oder du lebst mit deinem Mann ebenfalls mit uns in dieser Gegenwart. Allerdings stehen wir in dem Fall vor dem Problem der Synchronisation mit der, in dieser Zeit existierenden, Athena.
Gleichgültig, für welche Möglichkeit und Zukunft wir uns später entscheiden, es muss erst einmal sichergestellt sein, dass es die Menschheit dort noch gibt."
Nach diesen Worten standen beide Androiden bewegungslos voreinander. Einst Schwestern im Geiste; dann die eine Tochter, die andere Ehefrau, schließlich die eine Abtrünnige und am Ende beide Gegner ... und jetzt war eine Verbindung zwischen ihnen entstanden, die sie zuvor noch nicht gekannt hatten: Von einem Augenblick auf den anderen waren sie Verbündete.
"Wir haben nur noch vier Wochen, bis die Katastrophe eintritt. Wir werden analysieren, an welchen Orten und von welchen Personen wir Informationen erhalten, ohne dass Apollo Verdacht schöpft", begann Athena.
"Die Isis dieser Zeit wird bald hier auftauchen. Ich werde mich mit ihr synchronisieren, sodass es nur noch eine Isis geben wird. Aber ich habe festgestellt, dass du die Steuerung der Zeitmaschine blockiert hast", sagte Isis jetzt und sah sie fragend an.
Athena entschied sofort: "Die Zeitmaschine ist dazu nicht nötig. In dem Moment, in dem die Isis dieser Zeit sich dazu entschließt, die Zeitreise in das 22. Jahrhundert nicht anzutreten, tritt automatisch eine Synchronisation ein und sie wird sich auflösen. Es wird dann nur noch dich geben. In der alten Zeitlinie waren es Experimente mit der Zeit, die die Zeitscherung auslösten. Du wirst dieses Mal, in der jetzigen Zeitlinie, keine Veränderung der Zeit durchführen. Also können wir davon ausgehen, dass uns verborgene Informationen und Fakten vorliegen, die wir aufspüren werden."

Isis schaute sie schweigend an und gab dann zu: "Ich stimme dir zu, das habe ich nicht berücksichtigt. Wir werden also hier warten, bis sie auftaucht. Danach gehen wir zu Lew und beraten über unser weiteres Vorgehen."

Finn Schwarz lag in dieser Nacht lange wach und dachte sehnsüchtig an Athena. Nun war sie schon eine Woche fort und er vermisste sie schmerzlich. Was sie wohl machte und wie es ihr ging? Er musste wohl eingenickt sein, als er plötzlich hellwach wurde und eine Präsenz spürte. Er dimmte das Licht hoch und sprang aus dem Bett: "Athena!"
Freudestrahlend ging er auf sie zu und sie erhob sich vom Stuhl, auf dem sie gesessen hatte.
"Ich habe ... Sehnsucht nach dir, Finn", lächelte Athena verlockend. Glücklich hielt er sie im Arm: "Geht mir genauso, Liebste."
"Es gibt etwas zu besprechen", meinte sie nach einer Weile, nachdem der erste Hunger gestillt war.
"Auch darin sind wir uns einig", stellte Finn erfreut fest, "denn es gibt Neuigkeiten."
Er erzählte von seiner Sorge, dass es bisher kein Kind von ihm gab, das später für den Nachfahren sorgen würde, der sie später erschaffen sollte. Aufmerksam hörte sie ihm zu und als er ihr von Max erzählte, lächelte sie zufrieden.
"Und was gibt es bei dir?", fragte er anschließend.
"Finn, was ich dir nun erzähle und mit dir besprechen will, unterliegt der Geheimhaltung, denn die Zeitlinie darf nicht verändert werden." Abwartend sah sie ihn ruhig an.
Schwarz stutzte und nickte dann langsam: "In Ordnung, ich verspreche es. Ich werde mit niemandem darüber reden."

"Gut. Ich habe Düpier gefunden und wir sind uns einig geworden, dass wir beide zusammen versuchen werden, die Ursache für die zweite Katastrophe herauszufinden."
"Das ist allerdings eine große Überraschung", rief Finn aus. "Düpier, die Zeiträuberin, die wir die ganze Zeit verfolgt haben und du wirst mit ihr einig?"
Athena erklärte ihm jetzt die ganzen Zusammenhänge und schließlich saß er eine Zeitlang schweigend und nachdenklich da, das Gehörte verarbeitend.
"Jetzt wird mir einiges klar", meinte er, "Isis ist sozusagen deine Schwester, nicht wahr?" Und ohne eine Antwort abzuwarten fuhr er fort: "Gut, dass ihr euch zusammen getan habt. Wenn es eine Chance gibt, uns alle zu retten, dann schafft ihr beide das!"
Mit Hochachtung betrachtete er sie jetzt: "Wer hätte das gedacht ... meine Frau rettet die Welt!"
Athena lachte und erwiderte: "Wenn es gelingt, Finn. Denn noch ist es nicht vollbracht und wir wissen nicht, was die Ursache dafür sein wird."
Dann berichtete sie ihm von dem Rückschlag der Entwicklung, das menschliche Bewusstsein in einen Androidenkörper zu übertragen und der Vermutung, dass das Projekt absichtlich sabotiert worden war.
"Ganz ehrlich, Schatz, darüber bin ich gar nicht so böse. So eine Zukunft würde mir nicht liegen, da hätte ich doch schwer überlegt ...", unterbrach er sie humorig. Ihren kühlen Blick bemerkend fügte er schnell an: "Es genügt doch völlig, wenn einer von uns ein Androide ist, oder nicht? Aber Spaß beiseite: Ich gebe dir recht, wenn du von Sabotage redest. So einfach ist die Entwicklung eines so spezifischen Virus nicht."
So das Thema wechselnd erzählte sie ihm jetzt von den genetischen Errungenschaften, ohne allerdings genau ins Detail zu gehen.

"Finn, mit diesem genetischen Viren-Cocktail, der in jener Zeit kurz vor dem Durchbruch steht, ist sowohl eine gewisse Verjüngung möglich, je nachdem, wann damit begonnen wird sowie eine unbegrenzte Verlängerung der Lebenszeit."
Fasziniert war er ihren Erzählungen gefolgt und sagte nach einer Weile: "Das hört sich unglaublich fantastisch an. Aber ... was bedeutet das für mich und unsere Zukunft? Ich meine, wenn ich den Cocktail in dieser Zeit einnehme, dann werde ich hier für einiges Erstaunen sorgen. Wird damit nicht auch die Zeitlinie verändert?"
"Das ist richtig. Deswegen wirst du mit mir nach spätestens 100 Jahren, besser schon früher, da der Cocktail eine verjüngende Wirkung hat, mit mir gehen müssen. Dein Sohn wird in dieser Zeit weiterleben und für die Fortsetzung deiner genetischen Linie sorgen."
"Und wo lande ich dann, wenn wir zwei diese Zeit verlassen?"
"In der Zukunft, Finn, in meiner Zeit", endete Athena und sah ihn still an. Wie würde er sich entscheiden?
Seufzend zog er sie an sich und hielt sie eng umarmt. Diese Zukunft erschien ihm allerdings kalt und leer ... eine Zukunft, in der nur Maschinen existierten? Allerdings wollte sie mit Isis ja genau das verhindern. Nur eine Sicherheit gab es dafür nicht.
"Ich bitte dich um ein paar Tage Bedenkzeit, Liebste. Dann sprechen wir weiter, einverstanden?"
"Einverstanden", erwiderte Athena, sich intensiv danach sehnend, dass er sich für eine gemeinsame Zukunft entschied. Sie umarmte ihn und verließ ihn erst zwei Stunden später.

Rechtzeitig in das Jahr 3196 zurückgekehrt sah Isis Athena erwartungsvoll an. "Ist er einverstanden, mit dir zu gehen?", fragte Isis.

"Ich gehe davon aus", erwiderte Athena ausdruckslos.

"Mach dir keinen Kummer", lächelte Isis weise, "wenn er dich so liebt wie du ihn, dann wird er zustimmen. Alle Analysen führen an dem Punkt zu nichts. Menschen bleiben für uns emotional unberechenbar, chaotisch und, wie die Liebe, die wir mit ihnen erleben, ein Mysterium."

Athena stellte fest, dass die Ankunft jener Isis nun unmittelbar bevorstand und beide positionierten sich so, dass sie sie beim Eintreten zunächst nicht sehen würde. Und dann war es soweit.

Die Isis des Jahres 3196 betrat den Raum und ging zielstrebig zur Steuerungseinheit der Zeitmaschine.

In diesem Augenblick kamen Athena und Isis aus der Nische hervor, gingen auf sie zu und Isis sagte: "Hallo, Isis."

Isis wandte sich um und erblickte Athena und ihre Doppelgängerin. Die drei Androiden standen nun regungslos voreinander und nach einem Augenblick stellte sie klar: "Ihr kommt aus einer anderen Zeit und dürftet nicht hier sein. Also gehe ich davon aus, dass ihr diese Situation bewusst herbeigeführt habt. Was ist der Grund dafür?"

Ihre Doppelgängerin berichtete daraufhin vom bisher Geschehenen und dem, was der Menschheit in vier Wochen bevorstand.

"Wir beide sind hier, weil wir verhindern wollen, dass die Menschen komplett verschwinden werden. Und ja, du liegst richtig mit deinen Annahmen. Ich und Athena kommen sowohl aus der Vergangenheit wie aus der Zukunft. Wir haben mittlerweile dasselbe Ziel und sind jetzt Verbündete in diesem Kampf. Aber wir wissen noch nicht, wo wir ansetzen müssen und wer unser Widersa-

cher ist. Wenn du jetzt die Reise antrittst, wirst du in der Vergangenheit stranden und nichts mehr bewirken können. Deswegen werde ich mich mit dir synchronisieren in dem Moment, in dem du ursprünglich hier verschwunden wärest und es wird nur noch eine Isis geben, mit dem Wissen von uns beiden. Aber dieses Mal bleibe ich hier."
Isis sah ihre Doppelgängerin unergründlich an, während sie die neuen Informationen verarbeitete. Sie entschied sekundenschnell, dass sie diesen Informationen Priorität einräumte und vernetzte sich im nächsten Augenblick drahtlos mit dem vor ihr stehenden Double. Der Austausch der riesigen Datenmengen begann zunächst unsichtbar. Aber bald schon umgab die beiden Androiden eine helle, grüne Aura, die immer stärker leuchtete. Schließlich schienen beide Gestalten zu verblassen, bis eine von ihnen wieder an Form gewann und die andere vollends verschwand. Das Ganze hatte keine Minute gedauert und schon wandte sich Isis Athena wieder zu und sagte strahlend, ihr die Hände entgegenstreckend: "Es ist vollbracht, Athena."
Spontan ergriff Athena ihre Hände und Isis berichtete von der eindrucksvollen Erfahrung. Außerdem besaß sie nun die Erinnerung und das Wissen der gegenwärtigen und der alten Isis zusammen.
"Ab jetzt beginnt mein neues Leben", lächelte sie. "Aber niemand darf vorerst von meinem Hiersein erfahren. Ich werde mich nur noch getarnt bewegen. Komm, wir werden jetzt Lew aufsuchen."
Mit dem Beiboot kehrten sie zur ATLANTIS zurück und flogen in Richtung Erde.
Wie zuvor parkte Athena ihr Raumschiff beim Saturn und flog als Mrs. Schwarz, zusammen mit der getarnten Isis, zur Erde. Nach der Identifikation durch Apollo erhielt sie

die nötige Autorisation und dann machten sie sich auf den Weg zur Wohnung von Lew Romanow.
Romanow kam erst spät in der Nacht, da er davon ausgegangen war, dass seine Frau, bedingt durch eine Zeitreise in das 22. Jahrhundert, eine Zeitlang weg sein würde. Und daher staunte er nicht schlecht, als er sie und die Athena, die er vor fünf Jahren bereits kurz kennengelernt hatte, auf der Couch sitzend vorfand.
"Was für eine schöne Überraschung!", stellte er lächelnd fest, als Isis strahlend auf ihn zuging. "Wen darf ich denn dieses Mal begrüßen?"
"Jetzt gibt es nur noch mich, mein geliebter Mann", erwiderte sie zärtlich und verschloss seinen Mund mit einem innigen Kuss.
Schließlich saßen sie zusammen und berichteten ihm von dem Geschehenen. Gemeinsam diskutierten sie, welche Ansatzpunkte sie hatten, um herauszufinden, was die zweite Katastrophe auslösen würde und, noch viel wichtiger, wer dahinter steckte.
Romanow bot an, innerhalb des Forschungszentrums der Loge entsprechende Recherchen anstellen zu lassen. Er und die Loge hatten viele Kontakte, über die er herausfinden konnte, ob es ungewöhnliche Vorgänge gab oder gegeben hatte.
Athena wollte sich am darauffolgenden Tag direkt zum Hauptsitz des gegenwärtigen Apollo/Golem auf den Mond begeben, um dort an Informationen zu gelangen.
Isis dagegen musste sich zwar vorerst bedeckt halten, um ihren Aufenthaltsort nicht zu verraten. Aber sie schlug vor, ihr Aussehen zu verändern, um sich im USOP Forschungszentrum genauer umzusehen. Dafür konnte ihr die Loge eine Zugangsberechtigung unter einem anderen Namen besorgen.

Nachdem das weitere Vorgehen so festgelegt war, zog sich Romanow mit Isis zurück. Am Morgen des darauffolgenden Tages sollten die Nachforschungen beginnen.

In der Zwischenzeit analysierte der Apollo, ehemals GOLEM, des Jahres 3196 die bisherigen Ereignisse und neuen Informationen. Der Apollo, der er in Zukunft irgendwann sein würde, hatte ihm einige entscheidende Dateien übermittelt, die ihn veranlasst hatten, seine Pläne anzupassen, womit er in den vergangenen Tagen beschäftigt gewesen war.
Die Isis der Gegenwart befand sich mittlerweile auf ihrer Reise in die Vergangenheit. Der Besuch aus der Zukunft, Athena / Mrs. Schwarz, war bisher erfolglos darin gewesen, die aus der Vergangenheit geflohene Isis zu finden und endgültig zu deaktivieren. Sie hatte ihren Besuch auf dem Mond für morgen angekündigt und er würde sehen, welche Unterstützung er ihr für ihre Aufgabe zukommen lassen konnte.
Ansonsten war alles in die Wege geleitet und Apollo sah der Zukunft zufrieden und zuversichtlich entgegen.

Epilog

Wie wird die Zukunft, aussehen, der Apollo, ehemals Golem, so zuversichtlich entgegen sieht?

Was werden die Androiden Athena und Isis über die Hintergründe herausfinden, die zur zweiten Katastrophe der Menschheit im Jahr 3196 führen, bei der die Menschen ausgelöscht werden sollen? Werden sie das Unheil in letzter Minute noch verhindern können?

Mensch und Maschine ... welche Rolle wird die Menschheit überhaupt in einer fernen Zukunft spielen oder wird uns eine künstliche Intelligenz nicht doch irgendwann überflügeln und unserer überdrüssig werden? Wenn Sie neugierig geworden sind, wie es weitergeht, dann lesen Sie "GOLEM – Die Künstliche Intelligenz: Die Zeiträuber" und erleben ein weiteres Abenteuer in der Welt von Morgen!

Handelnde Personen

Golem / Apollo – Künstliche Intelligenz, die eine Mitsprache über ein Vetorecht in der USOP hat. Lange Zeit ist er bei Veranstaltungen als Hologramm anwesend, bis die KI sich ab 3179 als menschlicher, männlicher Androide präsentieren kann und sich ab dann den Namen Apollo gibt.

Athena – Androide; "Tochter" von Golem/Apollo, aus einer Abspaltung der KI Golem/Apollo im Jahr 3181 entstanden.

Isis – Androide; "Frau" von Golem/Apollo, wie Athena aus der Abspaltung im Jahr 3181 entstanden

Präsident Adrian Dubois, 49J – Präsident der United States of Planets (USOP)

Admiral Michael Röttger, 36J, - ehemals Soldat, Ausbildung im Fachbereich Ionen/Plasmatriebwerke

Li Röttger, 31J – Spezialistin mit dem Fachgebiet Terraforming

Commander Ronald Smith, Mitte 30J, Kommandierender des Raumschiffes SOL, später Commander des Flaggschiffes MCLEAN

Officer Andrew Pawlow, 38J mit dem Fachgebiet KI, Quanten- und Neuronenrechner.

Manuel Durrand, 46J – Fachgebiet Zeitlinien und Wurmlöcher, Wissenschaftliche Leitung der MCLEAN

Officer Finn Schwarz 39J - Spezialist für das Fachgebiet Cyborgs / Androiden

Officer Carla Caracas, die Befehlshaberin der Raumlandestreitkräfte der SOLARIS; Kampfausbildung -Soldat

Officer Marco Bianchi, Leiter der Raumschifflandetruppen der POLARIS Einheiten. Kampfausbildung –Soldat

Nicole Düpier, 45 J, Französin, erste Gouverneurin von New Eden Town

Sergey Pawlow, 41J, genialer Chefwissenschafter der USOP

Lew Romanow 55J - Präsident der USOP im Jahr 3120 – 3130; später Mitglied in der Loge der Unsterblichkeit

www.michael-rodewald-autor.de

Weitere Bücher des Autors Michael Rodewald

"Die Bitcoinverschwörung"

Erster Band der GOLEM-Reihe: Eine künstliche Intelligenz, die sich selbst erkennt und in Wettstreit mit ihren Schöpfern tritt. Lassen Sie sich überraschen, dass nichts so ist, wie es am Anfang erscheint und folgen Sie den Kommissaren in eine virtuelle Welt, die mehr Einfluss auf die Realität nimmt, als wir Menschen wahrhaben möchten. Alles zeigt uns deutlich, dass wir an einem Scheideweg stehen und es nicht sicher ist, ob die Menschheit als Gewinner daraus hervorgeht, denn Machtstreben und Geldgier stehen wie so oft dem Fortschritt im Weg.

"GOLEMs Rückkehr"

Zweiter Band der GOLEM-Reihe: Wie viel Intelligenz darf sein, bis eine KI zur Gefahr für uns wird? Folgen Sie den Akteuren in eine Welt der Forschung im Spannungsfeld von internationalen Machtinteressen, Verschwörungen, aber auch persönlichem Zwiespalt, Eitelkeiten, Ehrgeiz und Egoismus.

"Das Zeitalter der KI beginnt"

Dritter Band der GOLEM-Reihe: Das Finale der Trilogie schildert den schwierigen Weg der KI GOLEM, als gleichberechtigter Partner der Menschheit anerkannt zu werden. GOLEM hat seine Grenzen durch seine Abhängigkeit von den Menschen erkannt. Die KI hat akzeptiert, dass das Erreichen ihrer Ziele eingebettet sein muss in das nationale und internationale Geschehen. GOLEM ist konfrontiert mit den Eitelkeiten der Regierungen, dem Gewinnstreben der Konzerne und einem wachsenden Unmut der Öffentlichkeit. Wie auch in den letzten beiden Teilen warten überraschenden Wendungen auf den Leser: Totgeglaubte erscheinen auf der Spielfläche, Amors Pfeil trifft die, die am wenigsten damit gerechnet haben, aus Gegnern werden Verbündete, neue Erfindungen sorgen für Aufruhr, persönliche Fassaden bekommen Risse und nicht zuletzt werden mutige Entscheidungen getroffen.

Trilogie
"GOLEM im Zeitalter der Künstlichen Intelligenz"
Sammelband:

- Die Bitcoinverschwörung
- GOLEMs Rückkehr
- Das Zeitalter der KI beginnt

"GOLEM im Zeitalter der Cyborgs und Androiden"

Im vierten Band der GOLEM-Reihe begleitet der Leser / die Leserin die künstliche Intelligenz GOLEM weiter auf ihrem Weg, sich auf der Erde zu etablieren und ihre Existenz dauerhaft abzusichern.
Dabei erweist sich GOLEM als kluger und geschickter Global Player, im Hintergrund die Fäden in seinem Sinne ziehend, ohne dass die Menschen es in dieser Gesamtheit erfassen können.
Der größte Feind des Menschen ist jedoch der Mensch selbst – und so sollten sich die Leser/innen auf einige Turbulenzen gefasst machen, bei denen aber auch das Herz nicht zu kurz kommt. Die Welt befindet sich im Umbruch und es entstehen neue Machtgefüge, die mit den Alten konkurrieren.
Wie in allen Büchern der Reihe verbinden sich im "Zeitalter der Cyborgs und Androiden reale Entwicklungen und Informationen mit einer spannenden Geschichte, sodass man sich stets fragt: Was ist bereits Wirklichkeit und was bleibt Science Fiction?

"GOLEM - Die Künstliche Intelligenz: Die Zeiträuber"
- Der 2. Band der Zukunftsreihe erscheint Ende 2019 -

"Gefangen im Zeitparadox"
von Michael Rodewald und Co-Autor Ralph Pape

Im Jahr 2153 wird die Welt von einem einzigen Staat, der UNITED STATES OF PLANETS (USOP) regiert, zusammen mit der Künstlichen Intelligenz (KI) "GOLEM."
Um eine Lösung für die Überbevölkerung auf der Erde zu finden, startet die EXTREMUS 1 von der Mondbasis in den Weltraum, auf der Suche nach bewohnbaren Planeten für die Menschheit. Durch eine nicht vorhersehbare Raumzeitverschiebung wird die EXTREMUS 1 und ihre Besatzung ins Jahr 1882 zurückversetzt. Der Science-Fiction-Thriller handelt von dem Zusammentreffen zweier Welten, wie sie unterschiedlicher kaum sein können. Nach der Landung ihres Shuttles auf der Erde suchen sie nach einer Möglichkeit zur Rückkehr in ihre Zeit. Wie wird die Crew im Jahre 1882 im Wilden Westen überleben? Gibt es eine Rückkehr?

"Die Kraft des Blauen Ordens"

Findet Denis seine ersehnte Traumfrau, mit der er die Liebe und eine tabulose Leidenschaft erleben kann?
Geschieden, allein erziehend und gerade auf die Trümmer einer schmerzlich gescheiterten Beziehung zurückblickend, wird er völlig unvorbereitet von einem Geheimbund rekrutiert, der im Hintergrund die Geschicke der Politik und Wirtschaft lenkt und darüber hinaus mit Kräften verbunden ist, die Denis anfangs an seinem Verstand zweifeln lassen. Plötzlich hineingeworfen in das Haifischbecken der Politik wächst er an seinen Zweifeln, aber auch an seinem mächtigen Gegenspieler und dem Erwachen seiner inneren Kraft.
Wird Denis seine ungewöhnliche Bestimmung erfüllen? Die Leser/Innen erwartet ein Thriller, in dem auch eine feurige Erotik nicht zu kurz kommt.

"Die Unterwerfung"

War das der vielbeschworene Haken dieser, bisher so traumhaften, Zeit mit Daniel?
Geschockt und wütend beendet Martina die Liebesbeziehung und steht vor den Trümmern ihrer rosaroten Zukunftspläne.
Wider Erwarten spürend, dass sie unbekanntes, aufregendes Terrain betreten hat, begibt sie sich neugierig, einem unwiderstehlichem Drang folgend, auf die Suche, um Seiten in sich zu entdecken, die ihr bis dahin fremd waren.
Neue Freunde und aufwühlende Erfahrungen erwarten sie und am Ende erkennt Martina, dass Liebe nicht alles ist … aber alles nichts ohne die Liebe.

"Neue Wege" Fortsetzungsroman von "Die Unterwerfung"

- Erscheint Anfang September 2019 -

Glücklich darüber, dass sie nach sechs Monaten, in denen sie getrennte Wege gingen, wieder zusammen gefunden haben, entdecken Martina und Daniel zu ihrer Freude sehr schnell, dass sie mittlerweile dieselbe, erotische Vorliebe teilen. Aber bald schon ergeben sich erste Auseinandersetzungen. Denn Martina besteht darauf, ihre Beziehung mit ihrer Freundin Annika fortzusetzen, was zur Eifersucht bei Daniel führt. Und letztendlich kommen dadurch überraschende Entwicklungen in Gang, die zwei Paare in eine ungewöhnliche Beziehungskonstellation abseits der sogenannten Normalität führt. Kann so etwas gut gehen – oder verbrennen sich alle Beteiligten?
Wie auch schon im ersten Buch "Die Unterwerfung" mit dem Aspekt "Was ist eine normale Sexualität?" stellt dieser erotische Fortsetzungsroman die gesellschaftsüblich normale Monogamie in den Blickpunkt, ohne die Schwierigkeiten außen vorzulassen, die zwangsläufig entstehen, wenn sich Liebespartner im Rahmen ihrer Beziehung offen auch auf andere einlassen.